U0637933

文学艺术系列

小说史话

A Brief History of Novel in China

周中明　吴家荣 / 著

社会科学文献出版社

SOCIAL SCIENCES ACADEMIC PRESS (CHINA)

图书在版编目（CIP）数据

小说史话/周中明，吴家荣著. —北京：社会科学
文献出版社，2012.1（2013.6 重印）
（中国史话）
ISBN 978 - 7 - 5097 - 2937 - 3

Ⅰ.①小… Ⅱ.①周… ②吴… Ⅲ.①小说史 - 中国
Ⅳ.①I207.409

中国版本图书馆 CIP 数据核字（2011）第 254547 号

"十二五"国家重点出版规划项目

中国史话·文学艺术系列

小说史话

著　　者／周中明　吴家荣

出 版 人／谢寿光
出 版 者／社会科学文献出版社
地　　址／北京市西城区北三环中路甲 29 号院 3 号楼华龙大厦
邮政编码／100029

责任部门／人文分社　（010）59367215
电子信箱／renwen@ ssap. cn
责任编辑／段景民
责任校对／李晨光
责任印制／岳　阳
经　　销／社会科学文献出版社市场营销中心
　　　　　　（010）59367081　59367089
读者服务／读者服务中心（010）59367028

印　　装／北京画中画印刷有限公司
开　　本／889mm×1194mm　1/32　印张／6.875
版　　次／2012 年 1 月第 1 版　　字数／124 千字
印　　次／2013 年 6 月第 2 次印刷
书　　号／ISBN 978 - 7 - 5097 - 2937 - 3
定　　价／15.00 元

本书如有破损、缺页、装订错误，请与本社读者服务中心联系更换
▲ 版权所有　翻印必究

《中国史话》
编辑委员会

主　　任　陈奎元

副 主 任　武　寅

委　　员　(以姓氏笔画为序)

卜宪群　王　巍　刘庆柱

步　平　张顺洪　张海鹏

陈祖武　陈高华　林甘泉

耿云志　廖学盛

总　序

　　中国是一个有着悠久文化历史的古老国度，从传说中的三皇五帝到中华人民共和国的建立，生活在这片土地上的人们从来都没有停止过探寻、创造的脚步。长沙马王堆出土的轻若烟雾、薄如蝉翼的素纱衣向世人昭示着古人在丝绸纺织、制作方面所达到的高度；敦煌莫高窟近五百个洞窟中的两千多尊彩塑雕像和大量的彩绘壁画又向世人显示了古人在雕塑和绘画方面所取得的成绩；还有青铜器、唐三彩、园林建筑、宫殿建筑，以及书法、诗歌、茶道、中医等物质与非物质文化遗产，它们无不向世人展示了中华五千年文化的灿烂与辉煌，展示了中国这一古老国度的魅力与绚烂。这是一份宝贵的遗产，值得我们每一位炎黄子孙珍视。

　　历史不会永远眷顾任何一个民族或一个国家，当世界进入近代之时，曾经一千多年雄踞世界发展高峰的古老中国，从巅峰跌落。1840 年鸦片战争的炮声打破了清帝国"天朝上国"的迷梦，从此中国沦为被列强宰割的羔羊。一个个不平等条约的签订，不仅使中国大量的白银外流，更使中国的领土一步步被列强侵占，国库亏空，民不聊生。东方古国曾经拥有的辉煌，也随着西方列强坚船利炮的轰击而烟消云散，中国一步步堕入了半殖民地的深渊。不甘屈服的中国人民也由此开始了救国救民、富国图强的抗争之路。从洋务运动到维新变法，从太平天国到辛亥革命，从五四运动到中国共产党领导的新民主主义革命，中国人民屡败屡战，终于认识到了"只有社会主义才能救中国，只有社会主义才能发展中国"这一道理。中国共产党领导中国人民推倒三座大山，建立了新中国，从此饱受屈辱与蹂躏的中国人民站起来了。古老的中国焕发出新的生机与活力，摆脱了任人宰割与欺侮的历史，屹立于世界民族之林。每一位中华儿女应当了解中华民族数千年的文明史，也应当牢记鸦片战争以来一百多年民族屈辱的历史。

当我们步入全球化大潮的21世纪，信息技术革命迅猛发展，地区之间的交流壁垒被互联网之类的新兴交流工具所打破，世界的多元性展示在世人面前。世界上任何一个区域都不可避免地存在着两种以上文化的交汇与碰撞，但不可否认的是，近些年来，随着市场经济的大潮，西方文化扑面而来，有些人唯西方为时尚，把民族的传统丢在一边。大批年轻人甚至比西方人还热衷于圣诞节、情人节与洋快餐，对我国各民族的重大节日以及中国历史的基本知识却茫然无知，这是中华民族实现复兴大业中的重大忧患。

中国之所以为中国，中华民族之所以历数千年而不分离，根基就在于五千年来一脉相传的中华文明。如果丢弃了千百年来一脉相承的文化，任凭外来文化随意浸染，很难设想13亿中国人到哪里去寻找民族向心力和凝聚力。在推进社会主义现代化、实现民族复兴的伟大事业中，大力弘扬优秀的中华民族文化和民族精神，弘扬中华文化的爱国主义传统和民族自尊意识，在建设中国特色社会主义的进程中，构建具有中国特色的文化价值体系，光大中华民族的优秀传统文化是一件任重而道远的事业。

当前，我国进入了经济体制深刻变革、社会结构深刻变动、利益格局深刻调整、思想观念深刻变化的新的历史时期。面对新的历史任务和来自各方的新挑战，全党和全国人民都需要学习和把握社会主义核心价值体系，进一步形成全社会共同的理想信念和道德规范，打牢全党全国各族人民团结奋斗的思想道德基础，形成全民族奋发向上的精神力量，这是我们建设社会主义和谐社会的思想保证。中国社会科学院作为国家社会科学研究的机构，有责任为此作出贡献。我们在编写出版《中华文明史话》与《百年中国史话》的基础上，组织院内外各研究领域的专家，融合近年来的最新研究，编辑出版大型历史知识系列丛书——《中国史话》，其目的就在于为广大人民群众尤其是青少年提供一套较为完整、准确地介绍中国历史和传统文化的普及类系列丛书，从而使生活在信息时代的人们尤其是青少年能够了解自己祖先的历史，在东西南北文化的交流中由知己到知彼，善于取人之长补己之短，在中国与世界各国愈来愈深的文化交融中，保持自己的本色与特色，将中华民族自强不息、厚德载物的精神永远发扬下去。

《中国史话》系列丛书首批计 200 种，每种 10 万字左右，主要从政治、经济、文化、军事、哲学、艺术、科技、饮食、服饰、交通、建筑等各个方面介绍了从古至今数千年来中华文明发展和变迁的历史。这些历史不仅展现了中华五千年文化的辉煌，展现了先民的智慧与创造精神，而且展现了中国人民的不屈与抗争精神。我们衷心地希望这套普及历史知识的丛书对广大人民群众进一步了解中华民族的优秀文化传统，增强民族自尊心和自豪感发挥应有的作用，鼓舞广大人民群众特别是新一代的劳动者和建设者在建设中国特色社会主义的道路上不断阔步前进，为我们祖国美好的未来贡献更大的力量。

陈奎元

2011 年 4 月

⊙周中明

作者小传

　　周中明，1934 年 4 月生，江苏扬中县人。1956 年考入北京大学中文系汉语言文学专业，1961 年毕业后，一直在安徽大学中文系任教，从 1989 年起任硕士生导师。兼任北京《红楼梦学刊》编委、安徽省文联荣誉委员等职。先后在大陆和台湾出版著作：《红楼梦的语言艺术》、《红楼梦的艺术创新》、《金瓶梅艺术论》、《中国的小说艺术》、《桐城派研究》、《贾凫西木皮词校注》、《子弟书丛钞》、《四声猿》等。主编《中国历代民歌鉴赏辞典》、《简明中国文学史》，发表论文百余篇。1992 年起享受国务院政府津贴，1995 年被国家教委、人事部评为"全国优秀教师"。

⊙吴家荣

作 者 小 传

　　吴家荣,1949年生。安徽师范大学中文系文艺学硕士。现为安徽大学中文系教授,省级重点学科文艺学学科带头人。社会兼职主要有:中国文艺理论学会理事,中国作家协会会员等。独立出版的论著主要有:《阿英传论》、《新时期文学思潮史论》、《中国化文论的历史进程》。参与出版的著作主要有:《道教文化》、《20世纪末中国文学颓废主义思潮》、《新时期比较文学的垦拓与建构》、《穿越比较文学的世纪空间》、《中西叙事精神之比较》。主编《中国传统文化精粹丛书》10种。主编教材主要有:《大学美学》、《比较文学新编》、《比较文学经典导读》等。在各类刊物发表学术论文140余篇。

目　录

引 言

　　小说，是生活的百科全书，是社会的一面镜子，是"国民之魂"①，是容量最大、内涵最为丰富，足以把语言艺术的感染力发挥到极致的叙事文学。因此，读小说，是现代人精神生活的一个重要内容。一部好小说，往往令人心旷神怡、爱不释手。

　　然而，中国小说的诞生和发展经历了漫长和坎坷的过程。在封建社会，小说长期被排斥于正宗文学之外。因此鲁迅说："小说和戏曲，中国向来是看作邪宗的。"② "在中国，小说不算文学，做小说的也决不能称为文学家。"③

　　中国古代小说约有1500年的历史，据不完全统计，产生的各类小说大概在3000种以上，其中最为杰出的有《三国演义》、《水浒传》、《西游记》、《聊斋志异》、《儒林外史》、《红楼梦》等。这些小说以深刻的思想内涵和不朽的艺术魅力，在我国世代相传，家喻

---

　　①　梁启超《论小说与群治之关系》。
　　②　鲁迅《且介亭杂文二集·徐懋庸作〈打杂集〉序》。
　　③　鲁迅《南腔北调集·我怎么做起小说来》。

户晓，妇孺皆知，是中华民族文化的结晶、世界文学的瑰宝。

总结与珍视这份宝贵的文化遗产，让今天的读者对中国小说的演变及其主要代表作品的思想、艺术价值有所了解，以增强民族的自豪感和凝聚力，推动当代小说创作的民族化和社会主义精神文明的建设，这正是本书的写作目的。

中国小说发展的历史经验，是极为丰富的。

首先，在题材加工上，真实和伟大相结合，极幻与极真相统一，要求越来越现实化和深刻化。现实主义和浪漫主义不但是小说创作的两个主要潮流，而且两者不同程度地互相结合，互相渗透，更是小说创作的主要趋向。我国的小说创作开始是以改编、加工已有的历史题材、民间传说居多，但即使改编、加工原有题材，也力求要为反映现实生活和作家的理想服务。随着作家创作能力的提高，直接反映现实生活的小说便逐渐增多，《金瓶梅》、《儒林外史》、《红楼梦》就是直接以当时的现实生活为描写对象的杰作。现实生活是创作的源泉，而作家对于生活的认识水平和反映能力，则是能否做到题材新、开掘深、推动现实主义和浪漫主义向更高水平发展的关键。

其次，在人物塑造上，从塑造类型化、理想化的英雄形象，逐渐转变为以性格化和典型化来描写日常生活中真实的普通人。我国小说中的人物形象虽然与普通读者越来越贴近了，但是在他（她）们身上所体现的我们伟大民族顽强不屈、富于反抗斗争的民族精神，却是一贯的、共同的。贾宝玉"古今不肖无双"的叛逆性格，林黛玉"质本洁来还洁去"的执著追求，晴雯"身为下贱、心比天高"的抗争精神，都在一定程度上体现了中华民族的民族性格和民族精神。他们不仅显得更加真实感人，而且也如同诸葛亮、李逵、孙悟空等英雄形象一样，对我们有着巨大的教育和鼓舞作用。

再次，在语言运用上，文言小说在古代虽然还没有失去生命力，但主要的潮流则是越来越通俗化和口语化。博采口语，"将活人的唇舌作为源泉，使文章更加接近语言，更加有生气"①。这正是对我国古代小说语言艺术发展的历史经验的总结。

最后，在风格特色上，中国古代的小说艺术既越来越多样化和成熟化，幻想的、写实的、象征的、喜剧的、悲剧的，可谓应有尽有，同时又都体现了伟大的民族精神、民族审美心理和欣赏习惯，具有为中国老百姓喜闻乐见的中国作风和中国气派。这是中国的小说艺术得以一贯深深扎根于广大群众之中的根本经验。

中国小说的发展规律明白无误地告诉我们：小说最深厚的土壤就是现实生活，小说最大的生命力就在于人民群众的喜闻乐见。手法的繁复、风格的多样化，正是以满足人民群众日益增长的审美需求为目的。因而，中国古典小说对世界文学宝库弥足珍贵的贡献，就在于它具有鲜明的民族特色。或者说，中国古典小

---

① 鲁迅《坟·写在〈坟〉后面》。

说正是由于具有鲜明浓烈的民族特色，才能深深扎根于我国广大的人民群众之中，才能成为世界文学宝库中璀璨夺目的奇葩。

那么，中国古典小说的民族特色又主要表现在哪些方面呢？

其一，智勇之性和高尚情操之美。这是中华民族的民族性格和民族精神的集中体现，也是中国古典小说民族特色的核心。与西方小说不同，西方批判现实主义作家，"他们塑造的正面人物多数是脱离人民的个人主义'英雄'，忏悔的贵族，'改好了的'资产者，好心肠的资产阶级知识分子，社会上的'多余的人'，以及温和驯良的'小人物'等"①。而中国古典小说描写的人物形象，却表现了为外国小说所缺乏的那种智勇兼备和富有高尚情操的民族精神。像"草船借箭"、"借东风"的诸葛亮，拳打镇关西的鲁智深，大闹天宫的孙悟空，厌弃功名富贵的杜少卿，追求新的人生道路的贾宝玉，等等，无不体现了我们民族的智勇之性和高尚情操之美。这种智勇之性和情操之美，虽然不能说每部中国古典小说都具备，但确实是中国古典小说的主流；虽然不能说是中国古典小说所独有，但与世界各国的古典小说相比，却最为突出地反映了中国古典小说的民族特色。

其二，人物形象塑造的曲致之情和传神之美。中国古典小说人物形象塑造上的民族特色，不能孤立地

---

① 杨周翰等主编《欧洲文学史》下卷。

从具体的艺术手法上去说明，而应从中国的民族特性出发，去研究中国古典小说的人物形象塑造在艺术手法上是如何适应和表现出中华民族的欣赏习惯和心理爱好的。据此，我们认为中国古典小说艺术的民族特色，主要表现为"中国艺术的理性精神"，"并不去逼真地创造幻觉的真实，而更多诉之于理解、想象的真实"①的那种曲致之情和传神之美。

例如同样是刻画眼睛，列夫·托尔斯泰对安娜·卡列尼娜眼睛的描写，属于作家逼真地创造幻觉的真实，它使我们从作者所描写的渥伦斯基的幻觉之中，仿佛看到了安娜的眼睛中真有她那掩饰不住的内心对渥伦斯基的爱慕与钟情。而曹雪芹的《红楼梦》对于林黛玉的眼睛的描绘，则与此迥然有别，它体现了中国艺术的理性精神所特有的以形传神："更多诉之于理解、想象的真实。"如贾宝玉被贾政毒打致伤，林黛玉去探望他，作者写林黛玉只用了一句："只见她两个眼睛肿得桃儿一般，满面泪光。"接着便写林黛玉听说凤姐来了，急着要避去的窘态。这足以使读者理解和想象林黛玉对贾宝玉的那种浓烈的、特殊的、生死与共、呼吸相通的炽热感情，以及人物内心所激荡着的担忧与怜爱、悲愤与期待、哀伤与凄苦！中国古典小说塑造人物形象，就是这样通过以形传神的描画，着重启发读者去"理解"和"想象"，从而产生一种特别强大的艺术感染力。

①　李泽厚《美的历程》。

其三，艺术表现上的虚实相生和飞腾想象之美。与西方小说擅长浓墨重彩的油画式的刻意写实不同，中国古典小说的艺术表现特色跟中国的国画相似，讲究虚实相生，咫幅千里，以少总多。它不是着力于再现生活的真实，而是着意于创造一个艺术真实的优美意境，引人遐想，令人陶醉，给人以飞腾想象的美感。

中国小说故事性强，但它不像《堂吉诃德》的故事情节那样荒诞、离奇，而是采用虚实相生的手法，使故事情节既曲折紧张，如磁石一般富有吸引力，又留有想象的余地，令人心旷神怡、浮想联翩。如毛宗岗在《三国演义》第五十一回批语中所指出的："当周瑜战曹仁之时，正孔明遣将取三城之时。妙在周瑜一边实写，孔明一边虚写。又妙在赵子龙一边在周瑜眼中实写，云长、翼德一边在周瑜耳中虚写。"这种虚实之妙，不仅增加了故事情节的曲折性和诱惑性，更重要的，它是为塑造人物形象服务的，是在虚实映照、对比衬托之下，使人物形象显得分外增姿添韵，发人深省、耐人寻味。如通过实写周瑜与曹仁的大战，显示了周瑜的雄才大略，同时通过虚写子龙、云长、翼德在诸葛亮的策划下，已乘机抢先一步夺取了周瑜大败曹仁所想得到的胜利果实——南郡和荆州。虽是虚写，却更加有力地突出了"周瑜力战而任其劳，孔明安坐而享其利"[1]，两个既饶有韵致，又高标独树的英雄形象。

---

[1] 清·毛宗岗对《三国演义》第五十一回的批语。

　　其四，语言艺术的画工之笔和化工之美。精练传神，富有化工之美，这是我国古典小说语言的基本特色。如《水浒传》写武松杀了官僚恶霸张都监之后，"便去死尸身上割下一片衣襟来，蘸着血，去白粉壁上，大写下八个字道：'杀人者，打虎武松也'！这八个字"，掷地当作金石声，真是如有打虎之力。杀了人还不赶快逃跑，竟然在墙壁上留下姓名。不用作者多啰唆，仅这八个字，就使读者仿佛如见武松打虎之威武、打虎之勇敢、打虎之胆识；武松不只是自然界的打虎英雄，更是人类社会的打"虎"英雄。临走时，作者不说武松如何满怀着胜利的喜悦，而只是写他"拽开脚步，倒提朴刀便走"。这"拽开脚步"的动作，这"倒提朴刀"的身影，便把武松那粗放豪侠的神态和心满意足的气势，都非常自然、逼真地活画出来了。

　　所谓画工之笔和化工之美，就是既行文如画，又不见人工斧凿的痕迹；小说语言精练而又具有思想容量大、含蓄有味的特点。用金圣叹的话来说，它是"一笔作百十来笔用"①。如《水浒传》第十五回写梁中书的老都管在押送生辰纲的途中向杨志耍威风，说："我在东京太师府做奶公时，门下军官，见了无千无万，都向着我诺诺连声……"这"都向着我诺诺连声"一句，不仅表现了老都管作为狗腿子意满志得、骄横放肆的神情，同时还反映了东京太师的威焰逼人和门下众军官的谄佞丑态。一句平常的人物语言，就这么

---

　　① 金圣叹对《西厢记》的批语。

7

传神地刻画出人物的性格，反映出如此丰富的社会内容，实在是精练无比，其味无穷！

其五，艺术风格的朴实无华和阳刚阴柔之美。我们中华民族的风格是高洁耿直、忠厚淳朴，不像欧美民族那样狂放炽热、强悍激越。因此，朴实无华，不是刻意追求外表的华美，而是竭力表现出内在的阳刚阴柔之美，这就是我国古典小说艺术的民族风格。当然，民族风格并不是一成不变的，至于各个时代、各个流派、各个作家的艺术风格，则更是变化万千、多彩多姿。但是，它们对于民族风格来说，只是同中之异，是对于我国整个古典小说艺术民族风格的丰富和发展。例如《红楼梦》对花团锦簇的大观园的景色描写，既像素描一样质朴，又都与人物性格互相辉映。潇湘馆的"千百竿翠竹"，是潇湘妃子林黛玉高风亮节的象征；蘅芜院的"蘅芜满院泣斜晖"，是蘅芜君薛宝钗悲剧命运的延伸；怡红院那"其势若伞，丝垂翠缕，葩吐丹砂"的"女儿棠"，则是怡红公子贾宝玉具有女性美的性格写照。小说所写的人物性格是多么瑰丽沉厚，而所用的语言又是多么质朴简练啊！

中国古典小说阳刚阴柔相统一的风格美，突出表现在人物性格的刻画上。《水浒传》中的鲁智深是个三拳打死镇关西的烈性汉子，他那种恨不得杀尽天下不平之人的浑身阳刚之气，实在轩昂夺人。然而他对受害的金氏父女，对落难的林冲，则完全是一副救人须救彻的慈爱心肠。他可说是个具有外刚而内柔之美的人物形象。再如《红楼梦》中的林黛玉是个多愁善感、容易流泪的不幸女子的典型。泪水，是她那满腔阴柔之情的宣泄。然而林黛玉的性格却不只是有着阴柔之美，生活在那个污浊的封建社会中，她誓不随波逐流、同流合污。面对封建统治"一年三百六十日，风刀霜剑严相逼"的险恶处境，她抱定"质本洁来还洁去，强于污淖陷渠沟"的宗旨，宁死不屈。因此，她那流不尽的眼泪，不只是她那命运悲哀、满腔阴柔之情的表现，同时也是她那顽强不屈的悲壮性格满怀阳刚之气的反映。

当然，中国古典小说的民族特色远不止以上几点，中国古典小说对世界文学创作的贡献是多方面的。今天，我们要继承和发扬中国古典小说的民族特色，这对于弘扬民族精神，更好地创作出具有中国作风、中国气派的优秀作品，满足人民群众日益增长的审美需求，具有十分重要的现实意义。同时，我们也必须清醒地看到，中国古代小说也有许多陈旧、落后的成分，我们必须学习和吸取外国小说中一切于我们有益的东西。但是，只有在继承中华民族文学传统的基础上，我们才能真正吸收外国文学创作上有益的经验，丰富自己、发展自己，使我们的小说创作既更深地扎根于现实生活和广大群众之中，又更好地走向世界，走向未来，从而为人类文化的繁荣昌盛作出我们更大的贡献！

历史已经并且必将继续证明"我们不但是文艺上的遗产的保存者，而且也是开拓者和建设者"[1]。

---

[1] 鲁迅《集外集拾遗·〈引玉集〉后记》。

一　小说的起源

　　"小说"一词，最早见于《庄子·杂篇·外物》："饰小说以干县令，其于大达亦远矣"。意思是：修饰琐碎的言词，以求得好的名声，这跟治理国家的大道理相距很远。这里所谓的"小说"是指琐碎的言词，与今天作为文体的小说概念不一样。汉代班固在《汉书·艺文志·诸子略》中曾引述孔子的说法："小说家者流，盖出于稗官，街谈巷尾，道听途说者之所造也。孔子曰：'虽小道必有可观者焉，致远恐泥，是以君子弗为也。'然亦弗灭也……诸子十家，其可观者，九家而已。"此所指始与今日小说相近。该书虽把小说列为一家，但同样表现了先秦诸子对小说鄙夷、排斥的态度。

　　真正对小说文体作出考述的，是东汉初年桓谭的《新论》："若其小说家，合丛残小语，近取譬说，以作短书，治身理家，有可观之辞。"桓谭虽然也认为小说所写的是"丛残小语"，但已把小说视作一种文体——"短书"。这种文体的特点是"近取譬说"而有所寄托。小说的存在并非无足轻重，它具有"治身理家"

的社会作用。桓谭的论述比先秦诸子对小说的看法，前进了一大步。

对于小说的起源，有种种不同的说法。鲁迅的见解颇受世人推崇：

> 至于小说，我以为倒是起于休息的。人在劳动时，既用歌吟以自娱，借它忘却劳苦了，则到休息时，亦别要寻一种事情以消遣闲暇。这种事情，就是彼此谈论故事。而这谈论故事，正就是小说的起源。[①]

这段话，明确指出小说来自民间的口头传说，是人们于劳动之余，借以消遣的一种手段。

不过，我们需要强调地指出，小说的源头虽然归根结底是来自民间的口头创作，但它的起源并不是单一的，而是多元的。它既有神话传说的因素，又受诸子寓言的影响，还从史家传记作品中吸取营养。

什么是神话与传说呢？

马克思说，神话是"通过人民的幻想用一种不自觉的艺术方式加工过的自然和社会形式本身"。"任何神话都是用想象和借助想象以征服自然力，支配自然力，把自然力加以形象化"[②]。神话是远古时代的人民对其所接触的自然现象、社会现象幻想出来的具有艺

---

① 鲁迅《中国小说的历史变迁》。
② 《政治经济学批判·导言》，《马克思恩格斯选集》第 2 卷。

术意味的解释和描述的集体口头创作。

原始时代，生产力的低下限制了人们的认识能力和知识水平，他们对日换星移等现象无法理解，对风霜雪雨电闪雷鸣以及洪水、地震等灾祸极为恐惧，幻想其中必有神灵主宰，便萌发了万物皆有神的自然崇拜，导致了自然神的产生。如日神、月神、山神、水神、风神、雨神等。《山海经》说风神"鹿身、头颅雀、有角而蛇尾、豹纹"。头似雀却长着角，身似鹿却布满豹纹，尾巴像蛇一样弯曲。狰狞可怖的样子反映出处于蒙昧状态的先民对风神的敬畏心态。自然神的产生使原来一些费解的自然现象似乎有了可信的解释。如认为天之所以先刮风、布云、闪电、雷鸣，再下雨，是有一位统领各神的至上神安排使然。以后先民在祖先崇拜的基础上又创造出英雄神，自然神的地位便逐步下降。《山海经·大荒北经》记载了龙神、风神、雨神、旱神在英雄神指挥下的一场恶战：

蚩尤作兵，伐黄帝。黄帝乃令应龙攻之冀州之野。应龙蓄水，蚩尤请风伯、雨师，纵大风雨。黄帝乃下天女曰"魃"。雨止。遂杀蚩尤。

蚩尤是神话中的水怪，侵犯黄帝。黄帝则是英雄神，他命令龙神蓄水。蚩尤又请来风神、雨神助战，纵大风雨。龙神蓄水不成。黄帝便命旱神魃出战，风伯、雨师狼狈溃逃。雨止风停，天旱水涸，水怪蚩尤无计可施，被杀死了。英雄神的出现标志着人类自信心的增强。

英雄神的产生使古神话大放异彩，现存的神话故事多属于这一类。以后，神话又逐渐向传说位移。《山海经》中记载的鲧禹治水的故事便可见这种变化。洪水泛滥，鲧冒着生命危险从上帝那儿窃来可以平息洪水的神土，结果鲧被杀害于羽山郊野。鲧死而尸体不腐，剖腹生禹。禹继父志，终于依靠人类自身的力量治服洪水。这个故事前半部是神话，后半部却是传说。

传说与神话的最重要区别在于：神话毫无历史根据，纯属幻想，无中生有。而传说往往有点历史的影子，有些就是以历史上的真实人物为依据，加上想象附会而成。例如关于刘邦的身世，传说他母亲与龙交配而生下刘邦。刘邦及其母亲皆实有其人，而有关刘邦出生的传说却神乎其神、荒诞不经了。神话与传说有时实在难以区别，一般人也就笼而统之称之为神话传说。

我国古代没有记载原始神话的专书。神话传说散见于《山海经》、《穆天子传》、《楚辞》、《淮南子》等典籍。《左传》、《国语》、《庄子》、《吕氏春秋》里，也存有不少神话传说。但总的看来，我国的神话发展不像古希腊那样充分。长篇的、有系统的神话传说没能出现。然而，中国的神话传说对古代小说的形成确有很大影响。

首先，神话故事的传奇性，直接影响到后来的志怪小说、唐宋传奇，甚至白话小说的传奇性。

传奇性是神话传说的一个重要特点。《列子·汤问篇》中记载的"共工头触不周山"的故事就富有传奇色彩。盘古开天辟地，女娲创造了人类，大地充满生机，人民安居乐业。不料有一天，水神共工和火神祝融为了一点小事闹翻，打起仗来。水神共工人面蛇身，性情狂暴，是个有名的恶神。他和祝融从天上打到地上，杀得阴风惨惨、天昏地暗。共工是水神，到地上后，他便呼风唤雨、推波助澜，调动虾兵蟹将，围攻祝融。火神祝融一怒之下燃起熊熊大火，向共工反击，共工及其手下兵将俱被烧得焦头烂额，死去活来。共工吃了败仗，气急败坏，怒不可遏，一头撞向西方不周山。不周山是一根撑天巨柱，竟被共工拦腰撞断。半边天立刻坍塌下来，地上顿时裂开一道道深豁。接着森林燃起熊熊大火，洪水从地下汹涌而出，白浪滔天。人们被烧的烧、淹的淹，经受了一场空前浩劫。类似这样的奇异的传说在神话中数不胜数，其题材内容和情节的设计，都对后世小说具有很大影响。有些小说如《柳毅传书》、《西游记》、《封神演义》以及鲁迅的《故事新编》等，在选材与描写上，借鉴与承袭神话传说之处皆显而易见。

其次，神话中描写的高大、非凡、神奇的英雄形象，也直接影响到后世小说中的人物塑造。神话中描写了不少具有超人智慧、非凡本领的盖世英雄，如开天地的盘古、炼石补天的女娲、射日的后羿、治水的大禹等。古人通过对这些英雄的礼赞，一方面表现了他们希图了解各种自然现象的迫切愿望，同时也表达了他们要征服自然的坚强意志。

《淮南子·览冥训》中就塑造了一位富有牺牲精神的伟大女性——女娲。远古时候，一度天崩地塌，大火焚烧，洪水泛滥，怪兽肆虐。人类和其他生物濒于灭绝。女娲目睹惨景，心痛难忍，决心补好苍天，拯救众生。她不畏艰险，往返江河，拣来五色石，架起大火，炼成五色石浆，又上天下地，修补苍天。待苍天修补完毕，她担心天会再塌，便抓来一只大乌龟，砍下四足，竖立在大地四方，将天撑牢。她还四处砍伐芦苇，烧成灰末，堵塞地上裂豁，制服滔滔洪水，又不辞辛劳，驱尽各种残害人类的怪兽。人们从此再见天日，安享和平。

《淮南子·本经训》中也记载了后羿射日的故事。传说在尧帝的时候，天上十日并出，千里干旱，草木焦枯，颗粒无收。百姓奄奄待毙，猛兽横行田野。这时，一位善射的神弓手后羿决心为民除害。他张弓搭箭，一连射下九个太阳，解除了旱象；又射杀无数毒蛇猛兽，使百姓能安心生产。后羿的形象，反映了人民战胜自然灾害的壮举。

《山海经·北山经》则讲述了"精卫填海"的故事，表现精卫鸟"不以东海为大，不以自身为小"的可贵精神，歌颂了人类坚忍不拔、不屈不挠地与自然作斗争的顽强毅力。这些英雄形象，给后世小说的人物塑造以很大的启示。不要说神魔小说中那些出神入化、腾云驾雾的人物形象直接源于此，就是现实主义小说中的一些英雄人物的塑造如关羽万夫莫挡的神勇，孔明神鬼莫测的智慧也都明显地可以看到神话传说的影响。

最后，神话传说中奇特的幻想、丰富的想象，给后代的小说家提供了充分发挥艺术想象力和创造力的养料。

神话本身就是幻想与想象的产物。大自然鬼神莫测的变化，刺激了原始人非凡的想象力，使他们创造出一篇篇神奇动人的神话故事。

天和地是怎样形成的？古人便幻想有一位龙首人身的盘古用利斧将混沌的宇宙劈开，使轻清的东西上升变为天，重浊的东西下降凝为地。

人是怎样产生的？古人便又幻想出一个名叫女娲的天神，用黄土捏成人。

《山海经·海外北经》的《列子·汤问》记载的"夸父追日"的故事，更是充满美妙奇特的想象：遥远的北方地区，终日不见阳光，一年四季寒冷异常。一个名叫夸父的勇敢巨人，决心追寻太阳神，劝太阳改变行走路线，给这里送来温暖和光明。他翻过无数座崇山峻岭，跨过数不清的激流深渊，战胜重重艰难险阻，终于看到盼望已久的太阳。他高兴地狂呼着向太阳奔去。可是太阳走得太快，很快又将他抛在后面。夸父毫不气馁，迈开大步紧追不舍。脚磨破了，腿累疼了，他折下一根树枝当手杖，咬紧牙关，继续追赶。离太阳越来越近，天气也越来越热。夸父口干舌燥，他一口气把黄河喝干，又一张嘴把渭水吸尽。终于，在太阳就要落山的地方，他靠近了太阳，拼尽全身余力，向太阳诉说了自己的心愿，然后倒在地上，闭上了眼睛。他的手杖滚到一旁，变成了一片茂盛的桃林，为后来追求光明的人解除口渴。太阳神为他锲而不舍的精神感动，从此改变行走路线，给偏远的北方也送去了温暖和光明。

这种种精彩绝伦、豪放雄奇的想象，简直令后人叹为观止、难以企及。后世的不少小说，尤其是浪漫主义作品，正是在神话的刺激下，张开了想象的翅膀，正如古希腊神话是西方文学最初的源头一样，中国古代神话那传奇的情节、非凡的英雄、大胆的幻想，也极大地滋润了中国小说的孕育与萌发。

《山海经》载录的神话，语言朴实，叙述质直而绝少文饰，反映出原始神话淳厚、朴素的本来面貌。它对中国文化尤其是古代小说的创作，产生了深远的影响，特别是它对幻想、想象、夸张等浪漫主义手法的成功运用，对后世文学创作的影响更为广泛和深刻。就中国小说而言，《穆天子传》中的部分人物和故事，就是由《山海经》的相应记载演绎而成，《神异经》、《十洲记》中也有不少模仿《山海经》的记述。六朝志怪多直接取材于神话，《搜神记》就是明显的例证。唐代传奇作者则开始有意识地采撷神话传说进行创作。宋人小说《大唐三藏取经诗话》、明人小说《西游记》、《封神演义》、《开辟衍绎通俗志传》及清人小说《镜花缘》等，无一不是借助神话传说的资料并在不同程度上继承了神话的浪漫主义写作传统。

中国小说的起源，可以上溯到古代神话和传说。这不仅表现在上述后世小说在创作素材上的汲取，同时，神话人物的肖像固定模式，则是中国小说和戏曲里脸谱化的滥觞。而从叙事文学的角度考察，神话传说还为后世作家提供了一些故事类型，世代延续，绵长不绝。

中国小说的发轫，并非单一地受神话传说的影响，先秦散文中的寓言故事以及早期的史传文学，也都不同程度地起了积极的催化作用。

寓言故事，一般短小精悍，深藏哲理，富有情趣。

孟子就常常用譬喻与寓言陈说事理、辩论是非。既使行文生动，又加强了说服力。如《孟子·离娄下》"齐人乞墦"就是一例。一位齐国人，每次出门都大醉而归。他在妻妾面前夸口说常有富贵朋友邀他相饮。日久，妻妾生了疑窦：为何只见富人请他，却从来没有贵者上门？一日早起，齐人出门，妻子悄悄尾随于后。只见齐人径自走到城东廓墓地里，向祭奠死人的家属乞赐剩余的酒肉。妻子见状，羞愧万分，回家与妾抱头痛哭。而齐人回来，不知底细，依然大言不惭地自吹自擂。这则寓言，情节生动，描写逼真，三言两语即刻画了"齐人"无耻、得意的丑相，堪称写实主义短篇讽刺小说的胚胎。此外，像"拔苗助长"、"守株待兔"、"叶公好龙"、"自相矛盾"、"滥竽充数"等一类意味隽永的寓言，对后世小说简洁凝练的叙事风格以很大影响。

早期史传文学在事件铺陈、人物塑造上对小说的影响更为重要。

《左传》作为历史著作的发轫之作，它的叙事极富故事性、戏剧性，充满紧张动人的情节。僖公二十三、四年，晋公子重耳出亡及返国，《左传》将这一经过写得摇曳多姿、跌宕有致。书中对重耳的流亡生活并非毫无选择、平铺直叙，而是抓住故事的重要环节或有典型意义的部分着重叙述和描写，因而全篇主次分明、详略得当，逼真形象地表现了主人公重耳由一个不谙世事、只图享乐的贵介公子，逐渐锻炼成为有志气胆识、度量智谋过人的政治家这一成长过程。作品不少情节如别隗、过卫、醉遣、窥浴等都极富戏剧性。而其中一些细节的穿插描写，又使人感到离奇变幻、风波乍起，颇具吸引力。《左传》的许多篇章对后世小说设计扣人心弦的故事情节、精当的选材布局以及多侧面地烘托人物形象，真实地展现人物性格的演变过程等艺术技巧都有着重要的借鉴价值。

稍后出现的《史记》，开创了我国纪传体史学的先河，也是我国传记文学的滥觞。

《史记》在"本纪"、"世家"和"列传"中，以人物活动为中心，生动地展开了广阔的社会生活画面。它在写作中的许多重要特点，多为后世小说家所继承。

首先，《史记》善于渲染气氛、铺写事件。在"鸿门宴"中，作者先写鸿门宴前楚汉两军剑拔弩张，几至火拼的危急情势；继写刘邦、项羽在鸿门宴上面对面的舌战，以及幕后范增要杀刘邦，张良串通项伯保护刘邦；酒宴间，项庄舞剑，意在沛公，危急时，樊哙又持剑夺门而入，战事一触即发，场面极其紧张；最后张良从中斡旋调度，使事态终于化险为夷。这一段文字写得绘声绘色，惊心动魄。在"垓下之围"中，作者更是细致地交代楚王由胜转败的各种因素，十分传神地描绘了四面楚歌、霸王别姬的凄凉气氛，以及垓下之战杀声震天、残酷壮烈的场面。项羽率领仅存的二十八骑与汉军决战，溃围、斩将、刈旗，叱咤风云、气盖一世，虽面临危殆，仍豪迈从容而最终自刎乌江。作者用一种凄怆而悲壮的笔调写出了项羽失败时的"英雄末路"，令人为之叹息。

其次，《史记》善于在矛盾冲突中突现人物性格，写出人物的复杂性与个性特征。

在《廉颇蔺相如列传》中，蔺相如机智勇敢而又豁达大度的性格，正是通过完璧归赵、渑池会、将相和等一系列紧张曲折的矛盾冲突，淋漓尽致地表现出来的。

《史记》注意写出人物性格的复杂性。作者写刘邦，并不抹杀刘邦在结束楚汉纷争、建立一统国家中的巨大作用，他机智谨慎，知人善用。但作者也没有放过对他的虚伪、狡诈和无赖品质的揭露。当楚王要烹杀其父时，他竟嬉皮笑脸地要分一杯羹吃。平定天下后，他对昔日功臣一再猜忌、大加诛杀。这就异常真实地刻画出刘邦丰满的性格特征。再如写项羽虽英勇无比、憨直淳朴，却刚愎自用、残酷暴烈；韩信精于用兵却疏于自全。这些人物优劣参半，都写得栩栩如生，呼之欲出。

《史记》还善于在对比中写出人物的独特个性。刘邦、项羽都曾见过秦始皇。项羽说："彼可取而代之！"

表现了他粗豪大胆、无所畏惧的本色；刘邦却说："嗟乎，大丈夫当如是也！"表现了他羡慕权势，不安于现状的性格特征。特别值得称道的是，《史记》能将性格相近的人物写得面目不同、风姿各异。同为智谋之士，张良显得老练稳重、深计远虑；陈平富于权谋奸诈、阴险诡谲。同是勇武之将，廉颇有大将风采，樊哙露猛士之相。这种高度个性化的性格描写，对小说人物形象特别是典型形象的塑造极有价值。

最后，《史记》的结构安排颇具匠心。《史记》中的各篇人物传记，结构很少雷同。如《项羽本纪》，作者用的是线式结构，它以项羽为中心，以军事进退的路线为线索，以各个重大的战役和政治事件为重点，形象地展现了项羽由成功到失败的历史进程。《魏其武安侯列传》则不同。它采取的是纵横交错的网式结构。文章一开始，双线并列，分别描写魏其侯窦婴和武安侯田蚡的经历与纠葛，后灌夫又搅入其中。田蚡和窦婴互相倾轧，灌夫和窦婴却是同党。三个人的事情纠缠在一起，矛盾愈演愈烈，冲突直闹到皇帝面前。结果是田蚡获胜，灌夫灭族，窦婴弃市。田蚡获胜不久即病死，矛盾双方同归于尽。这种网式结构，从各个层面上使几方人物的矛盾得以充分展开，而且使统治阶级的内部斗争暴露无遗。总之，《史记》多样化的结构，对后世小说结构的艺术手法有极大的启示。

当然，史传文学毕竟不是小说，它只能在"实录"基础上进行适当的艺术加工而不能完全虚构。然而，史传文学对小说在情节安排、人物塑造、表现手法等多方面的重大影响，却是毋容置疑的。如同花卉的萌芽离不开种子、土壤和空气、阳光，中国古代小说的萌芽，正是由神话传说、先秦散文、早期史传文学等多方面营养哺育、滋润的结果。

二 小说的萌芽：魏晋南北朝 志怪志人小说

我国古代小说在魏晋南北朝时期，出现了它的早期形态：志怪志人小说。

魏晋南北朝的志怪志人小说又被称为古小说。这类小说虽然还没有完全摆脱依附历史著作的状态，作家还不是自觉地创作小说，小说的形式也比较简单，内容琐杂、粗陈梗概。然而，它毕竟已从野史杂传中分离出来，开始走向独立的文学形式，展示了中国小说的雏形。

志怪志人小说为什么在魏晋南北朝时期迅速崛起乃至兴盛呢？其原因主要有下列四个方面。

社会政治的动乱和腐败

从东汉末年到南北朝，是我国历史上异常动乱的年代。阶级矛盾、民族矛盾、统治阶级内部矛盾非常尖锐。土地兼并、农民破产、军阀混战、民不聊生。《后汉书·灵帝本纪》就记载了人吃人的惨剧："河内人，妇食夫；河南人，夫食妇。"处在水深火热之中的人民被迫揭竿而起，爆发了轰轰烈烈的黄巾大起义，参加人数达数十万。曹操、孙权、刘备等军阀趁镇压黄巾起义之际，扩充自己势力，使东汉王朝分裂为魏、蜀、吴三国。后来三国归晋，但西晋只统一了短暂的41年，内部便发生了"八王之乱"。接着便是外族入侵，北中国陷于异族之手，东晋小朝廷逃到江南，从此中国南北分裂、政权更迭、战乱不已，人民困苦不堪。《晋书·食货志》记载："人多饥乏，更相鬻卖"，"流尸满江，白骨蔽野"。人民群众对现实的强烈不满，除了向统治阶级展开武装斗争外，还把自己的反抗精神和追求理想的愿望，通过丰富的幻想，寄托在一些神鬼故事的编述中。这便造成了志怪小说的勃兴。这也是魏晋南北朝时期不少志怪小说具有积极性内容的重要原因。

❷ 宗教迷信的广泛传播

鲁迅先生指出："中国本信巫，秦汉以来，神仙之说盛行，汉末又大畅巫风，而鬼神愈炽，会小乘佛教亦入中土，渐见流传。凡此，皆张皇鬼神，称道灵异，故自晋讫隋，特多鬼神志怪之书。"[①]

我国土生土长的道教创立于东汉顺帝时，魏晋以降，神仙道教日益兴盛，道教诸神达四百多人。东晋

---

① 鲁迅《中国小说史略》。

葛洪的《神仙传》，仿魏晋官制，分神仙为九品，南朝陶弘景又撰《真灵位业图》，将道教诸神排列为七个层次。由是，道教故事、神仙事迹不胫而走，刺激了志怪小说的创作。同时，旷达飘逸的高道风范也影响到人物品评，推动了志人小说的繁荣。西汉末年，佛教传入。魏晋时期，佛教传播很快。据《法苑珠林》卷一百二十记载，西晋仅洛阳、长安就有佛教寺院180所，僧尼3700人。而到了北朝，国家大寺47所，王公建寺839所，百姓所造寺庙三万余所，僧尼达二百余万人。佛教的轮回报应、因缘前定思想逐渐深入人心。这就势必造成大批鬼怪故事的出现和流传，使志怪小说有了丰富的题材来源和幻想的社会基础。

 3 士大夫清谈风气的盛行

东汉末年，社会政治黑暗，士大夫们常常聚而评议朝政得失，揭露、讥讽统治阶级鱼肉百姓、骄奢淫逸的行径，从而引起统治者的血腥镇压。孔融、杨修、祢衡、嵇康、潘岳、陆机、陆云等当时著名的文人，都因统治者的忌恨而横遭迫害。在这种高压政策下，一些士大夫为自保，或隐居避世、或纵酒谈玄，清谈之风遂逐渐兴起。加上约束人心的儒家礼法，随着汉朝统治的崩溃而动摇瓦解，魏晋时期普遍出现了要求人的个性得到某种解脱的思想。一些人有意不遵法度，放浪形骸，形成一种寄情山水、谈天说地、悠闲自适的人生态度。嵇康在《与山巨源绝交书》中说他不愿做官的原因，就是喜欢自由。他要非汤武薄周公，按自己的方式生活，不愿为做官而牺牲自由。陶渊明也不愿为五斗米折腰而弃官归田。他们不满现实，以老庄玄学为武器，向封建礼法展开猛烈攻击。这又进一步助长了谈风的盛行。

清谈又称清言。它或者是品评人物，或者是谈论玄理。汉代实行郡国举士制度，魏晋采用"九品中正制"。人才往往由地方官辟举荐用，地方官荐才标准则根据士大夫的品题。所谓品题，就是评论人物，定其高下。因而片言褒贬，足以影响到一个人的名誉地位。品题的依据，仅仅是人物的言谈举止、轶闻琐事。《后汉书·许劭传》载："初，劭与靖（劭从兄）俱有高名，好共核论乡党人物，每月辄更其品题，故汝南俗有月旦（犹月朔，每月初一）评焉。"因又称品评人物为"月旦"。魏晋以后，品评人物更是蔚然成风。玄理就是老庄哲学。士大夫为逃避严酷的现实政治而追求清虚玄远，造成"中朝贵玄、江左称盛"的局面。这种标榜超脱、崇尚虚无的思潮又促使品评人物的风气更盛。名人言行的一鳞一爪，往往被传为口实，竞相仿效。有人将其著录下来并汇集成书，遂为志人小说。

 文学理论的成熟与创作的繁荣

魏晋南北朝是文学的自觉时代，其突出标志便是文学理论的成熟。曹丕以帝王之尊，倡言"文章为经国之大业，不朽之盛事"。他的《典论·论文》是我国最早的一篇文学批评专论。在这篇论文中，他将文体分为四类八科，并概括出每类文体的特点："奏议宜雅，书论宜理，铭诔尚实，诗赋欲丽。"以后，陆机的《文赋》又进一步深入地探讨了创作过程，强调艺术想象的重要性，总结了写作技巧，并发展了曹丕的文体论，将曹丕的四类八科分为十类，进一步把握了文学的特点。特别是刘勰的《文心雕龙》和钟嵘的《诗品》。这两部文艺理论专著代表了中国文学批评的最高成就。尤其是《文心雕龙》体大思精、笼罩群言。它从文体论、创作论、批评论、发展论等方面提出了鞭辟入里的理论见解，有力地推动文学创作走向自觉。总之，这些理论著作都注意到把文学与经史区别开来，认识到文学语句华丽、富有感性的特点，自觉追求文学的形式美。这对志人志怪小说讲究语言的清丽雅致、叙述的婉转曲折、写景状物的生动细密、人物描写的具体逼真都有着直接的影响。这一时期也出现了不少著名的文学家，如曹操、曹丕、曹植及建安七子，梁武帝萧衍与其子昭明太子萧统，竹林七贤、谢朓、谢灵运、陶渊明等。他们都极有文采、名重一时。其优秀作品及抱负胸襟也影响到当时小说的创作。

就志人志怪两类小说相比，志怪小说更富有小说意味。志人小说受品评人物的风尚影响，主要记录时人的言行片断，虽在勾勒人物、描摹情态方面比史传文学进了一步，但仍停留在真人真事的记录上，情节缺乏完整性，故事也缺少必要的虚构。而志怪小说却有着丰富的想象和幻想，重视艺术虚构，具有完整的情节，并注意塑造鲜明的人物形象。

"志怪"一词，最早见于《庄子·逍遥游》，意谓记叙奇闻怪事。明代胡应麟才正式使用"志怪小说"一语，把它列为六种小说中的一种，赋予"志怪"以小说分类学上的含义。

我国的志怪小说创始于魏晋。汉代没有小说。鲁迅先生说："《汉书·艺文志》上载的小说都不存在了。""现存汉人小说，多是假的。"①刘叶秋的《魏晋南北朝志怪小说简论》也说："《汉书·艺文志》所著录的小说十五种，久已亡佚，不知内容如何。从今天流传的作品看，所谓'汉人小说'，如称东方朔撰的《神异经》、《十洲记》，题后汉郭宪著的《汉武洞溟记》等，也都不可靠，多出于魏晋文人的依托。中国的志怪小说，实际是从魏晋才开始发展。而谈志怪小说，虽并称'魏晋'，可志的魏人著作实亦无多，主要还是指晋代的作品。"

魏晋南北朝的志怪小说本来数量很多，至今亡佚不少，现在保存下来的完整与不完整的尚有三十余种。按其内容，可分为三类。

志怪小说的第一类为鬼神怪异类。以晋干宝的《搜神记》为代表，此外还有颜子推的《冤魂记》、吴均的《续齐谐记》，以及托名曹丕的《列异传》，托名

---

① 鲁迅《中国小说的历史变迁》。

陶渊明的《搜神后记》等。这类小说，或用灾异变怪的故事来附会政治现象，或用鬼神作祟的臆说来推断人的吉凶祸福。

《搜神记》被称为"集志怪之大成，有代表性的作品"①。它由晋代史官干宝搜集整理而成。干宝，字会升，晋新蔡（今河南新蔡县）人，约生活在西晋太康中至穆帝永和间，著有《晋纪》、《春秋左氏义外传》等书。他"集古今神祇灵异人物变化，名为《搜神记》"②。其目的是为"发明神道之不诬"③，证明世上真的有鬼神。《搜神记》的材料来源，如干宝在序言中所说：一是"承于前载"，二是"采访近世之事"，两类各占一半比重。今本《搜神记》464 篇小说，见载于干宝以前的志怪书或其他书籍的约 200 则；其余 264 篇则是他采访写作的。《搜神记》原书三十卷已佚，今存二十卷，系由后人缀辑而成。

《搜神记》的思想内容十分庞杂，比较有价值的在四个方面：

（1）揭露了统治阶级的凶残，歌颂了人民的反抗斗争精神

如卷十一《干将莫邪》，楚国善铸宝剑的巧匠干将莫邪奉命给楚王铸一对雌雄宝剑，三年乃成，楚王发怒杀死了他们。干将莫邪的儿子赤长大后，拿着父亲留下的一口宝剑，要杀楚王报仇。楚王梦中获知此事，

---

① 刘叶秋《魏晋南北朝志怪小说简论》。

② 《晋书》。

③ 干宝《搜神记·自序》。

便以千金悬赏捉拿他。赤逃到山里，遇见一个侠客，答应替他报仇。侠客叫赤自刎，然后侠客拿着赤的头和宝剑送给楚王。楚王下令将赤的头放在锅里煮，煮了三天三夜头不烂，还睁目大怒。侠客叫楚王亲自去看。他趁楚王看时，一剑将楚王头砍到锅里，侠客自己也挥剑自刎，头也掉在锅里。三颗头皆煮烂了，不可识别，只好分汤肉安葬，故叫三王墓。

这篇小说情节比较复杂，以复仇为贯串全篇的主线。先写楚王杀莫邪，莫邪临行嘱其子报仇；继写其子被悬赏捉拿，报仇很难实现；再写侠客答应帮忙，却要其子自杀；最后杀了楚王，侠客也被迫自杀。一波三折，扣人心弦。故事曲折的情节体现了人民前赴后继、誓必报仇雪恨的坚强意志和勇于献身的斗争精神。小说虽短，但已注意写出人物的个性。楚王的凶残，赤的刚烈，侠客的见义勇为、智勇双全，尽管着墨不多，却十分传神。作品的语言也清丽简洁。然而，即使是这样一篇志怪小说佳作，也存在着严重的不足。故事传奇性有余，合理性不够。人物形象比较呆板、单薄，看不到人物的心理和感情活动。语言缺少形象性、生动性。更为重要的是，这时的志怪小说，还不属于作家的有意创作，仅仅停留在对民间传说进行整理加工的阶段。《干将莫邪》故事又见于曹丕的《列异传》等，足见一斑。

《韩凭夫妇》则揭露了统治者的好色、霸道，歌颂了小人物"富贵不能淫、威武不能屈"的可贵品质。宋康王强占韩凭的妻子何氏，韩凭含愤自杀，何氏趁与康王登台赏景之际，也跳台自尽。康王有意将二人分葬两处，不使团聚。然而，奇迹出现了，"宿昔之间，便有大梓木生于二冢之端，旬日而大盈抱，屈体相就，根交于下，枝错于上。又有鸳鸯，雌雄各一，恒栖树上，晨夕不去，交颈悲鸣，音声感人。宋人哀之，遂号其木曰'相思树'"。这种富有浪漫主义色彩的神奇结尾，表现了当时人民不甘凌辱、追求美满婚姻的强烈愿望。

（2）歌颂劳动人民诚实不欺、善良勇敢的美好品质

如卷一记载的董永的故事即为一例。董永自幼丧母，终日奋力耕种，与老父相依为命。不久父亲去世，因无钱葬父，自卖为奴。主人闻知他的贤孝，送给他一万贯钱，打发他回家。董永安葬了父亲，守孝三年，仍去主人家为奴，以守信义。途中遇一妇人，愿与董永结为夫妻。董永感其诚，遂一同来到主人家。男耕女织，为主人尽力，以报葬父之德。过了十日，女子对董永说明身世。原来女子是天上织女，天帝为董永的至孝精神所感动，命她下凡助董永还债。女子说完飘然而去，不知所在。

这篇小说着重歌颂了董永身上所体现的劳动人民贤孝淳朴的优良品质。

这个故事后来演变为唐代的《董永变文》，《清平山堂话本·董永遇仙传》，南戏《董永遇仙记》，明清传奇《织锦记》（一名《天仙记》），《卖身记》，地方戏《十日缘》或《百日缘》，《槐荫记》，中华人民共和国成立后更有据此题材而改编的黄梅戏、电影《天

仙配》。故事的内容逐步由歌颂孝道演变为歌颂爱情。在志怪小说中，天女与董永的结合是天帝的安排而非织女的自愿，这是志怪的一个共同特点，即强调起支配作用的是无形的神怪。

（3）赞美男女之间坚贞不屈的自由爱情

例如卷十五王道平与唐父喻的故事，写秦始皇时，长安人王道平，小时与唐父喻青梅竹马，情深意笃，誓为夫妇。后来王道平被抓去当差，流落南方，九年未归。父喻父母见女儿长大成人，硬逼她嫁与刘祥为妻。父喻嫁出三年，终日郁郁寡欢，忧愁而死。三年后，王道平回家，闻父喻已死，悲痛异常。来到墓前，呼号悲鸣，肝肠欲裂。他于墓前祷告说："如果你有灵圣，当使我再见你一面；倘无神灵，从此挥泪而别。"说完，苦苦哀泣，绕墓而行。说也怪，正在这时，父喻魂竟从墓中出，对王道平说："我因日夜思念你，郁闷而亡。今感念你相思之苦，特来相会。我虽死，身体未损，可以再生。请你即刻开冢、破棺，我便可活转过来。"王道平照办，果不其然，其女活了，与王道平一同回家。刘祥听说，状告州县，州官按律判决，却发现没有可依据的条文，便禀奏于王，王判父喻归道平为妻。这就歌颂了男女爱情的生死不渝，可谓"精诚所至，金石为开"。执著的追求，足以感动天地与君王，使有情人终成眷属。同时，它还揭露了破坏他们婚姻的封建制度的不合理；父母凌逼，使弱女难以违抗，被差征伐，致男子九年不归。小说以浪漫主义的喜剧结束，表现了人们对美好婚姻的向往与追求。

（4）写人民与鬼妖斗争的无畏精神

《李寄斩蛇》记述东越庸岭有一条大蛇，为害百姓。地方官吏庸碌无能，只知听信巫祝之言，招募贫家女送给蛇吃，已有九女为此送命。少女李寄决心为民除害。她毅然应募，终于设计杀死大蛇。在她身上集中体现了劳动人民敢于斗争的胆略和善于斗争的智慧，说明怯弱致毙的可悲；只有英勇斗争才能除暴去害，求得生存。

《搜神记》卷十八还写了一则宋大贤杀鬼的故事。南阳西郊有一亭楼，夜半常闹鬼，无人敢宿。邑人宋大贤光明磊落不信邪。他夜宿亭楼，不设兵杖，焚香操琴。夜半，果有鬼登梯，对大贤龇牙咧嘴，狰狞可怖。大贤不动声色，操琴如故。鬼去了，不一会取一死人头掷向大贤，大贤接过来说："正好当枕头用。"鬼又去，过一会回来说："你敢搏斗吗？"大贤立起，捉其腰杀之。第二天早晨一看，原来是一老狐。故事情节层层递进，引人入胜。宋大贤一身正气，不怕鬼、敢于与鬼作斗争的豪气，足以鼓舞人们破除对鬼的迷信与恐惧，树立大无畏的勇敢斗争精神。

志怪小说的第二类是夸饰正史以外的历史传闻。主要有托名班固的《汉武帝内传》、王嘉的《拾遗记》等。

《拾遗记》又作《王子年拾遗记》、《拾遗录》。作者王嘉，字子年，陇西安阳（今甘肃渭源县）人，生卒年不详，是一个能文的方士。《拾遗记》原有十九卷，多有亡佚，残缺不全，后经人删定为十卷，今有齐治平校注本。《说郛》、《旧小说》皆有节录。十卷中，前九卷都是历史遗闻佚事，从庖羲、神农一直到晋代帝王。第十卷谈仙山灵物、长生不老。记载帝王的故事多有借古讽今以示规劝之意。如卷七《魏文帝》条，写魏文帝诏选良家女子入宫，妙于针工的薛灵芸当选。一路上她涕泪滂沱，用玉唾壶承泪，泪凝如血，壶呈红色。平常的民女遭受了极大的生离死别之苦。此外还记秦始皇为冢，"敛天下瑰异，生殉工人"。汉初发冢，匠人尚未死，后人撰"怨碑"以申其愤，抨击了秦始皇的奢侈残暴。书中还写了汉灵帝起裸游馆、孙亮合"四气香"，石崇为昼夜舞等，淋漓尽致地揭露了统治者的荒淫放荡。《拾遗记》也有一些故事通过美妙的幻想来显示某种社会理想和征服自然的愿望。在艺术上，《拾遗记》想象丰富、语言雅畅。所述之事，大都情节曲折，描摹细腻，对后世小说影响甚大。如卷四记赵高事，先写秦始皇托梦给秦王子婴，子婴疑赵高谋反，囚于咸阳狱中，并用种种方法害高，竟不死；继写赵高被诛之后，子婴从狱吏处得知赵高身怀青丸，又从方士处得知赵高先世曾受丹法，故赵高弃尸，有青雀飞出体外；最后又补叙秦始皇托梦时穿着一双青鞋，乃是仙人所赠。这一段故事文字繁缛，首尾呼应，可谓婉转有致。

《汉武帝内传》专写汉武帝生前死后的琐事，在很大程度上暴露了宫廷内部荒淫糜烂的生活，但也带有浓厚的神怪色彩。

志怪小说的第三类则是炫耀地理博物的琐闻。以托名东方朔的《神异经》、《十洲记》，郭宪的《汉武洞冥记》以及张华的《博物志》为代表，多记述远方绝域的山川异物，也杂以神仙道术之事。

《博物志》作者张华，字茂先，范阳方城（今河北固安县南）人，生于魏明帝太祖六年（232 年），卒于晋惠帝永康元年（300 年）。《晋书》有传，说他"雅爱书籍。身死之日，家无余财，唯有文史溢于机箧……天下奇秘，世所稀有者，悉在华所。由是博物洽闻，世无与比"。据说《博物志》原有四百卷，奏于晋武帝，晋武帝说它言多浮妄，语多怪异，恐惑乱后生，命他遵仲尼删《诗》、《书》，不及鬼神幽昧之事，不言怪力乱神之语，这才删为十卷。此说不足信据。崔希节《博物志跋》说它"天地之高厚，日月之晦明，四方人物之不同，昆虫草木之淑妙者，无不备载"。《博物志》深受《山海经》的影响，主要记载山川、地理、异物、奇境、殊俗、礼制、神话、服饰等。其中不少是毫无故事性的杂考、杂说、杂物，但也有不少故事性很强的非地理博物性的传说，突破了地理博物体志怪专记山川、动植物、殊方、异族的范围，这便是《博物志》被称为志怪小说的根据。如卷十"八月槎"条，说近世有一个住在海边的人，看见每年八月都有浮槎来去，就决心乘槎一游。数十日后，茫茫忽忽中来至一处，见有城郭屋舍，男耕女织，问一个在河边饮牛的汉子是什么地方，汉子让他回去找蜀郡严君平。他如期回到家中，严君平告诉他某年某月某日有客星犯牵牛宿，一算正是他见到牵牛人的时候。

故事的后半部又把海槎传说与牛郎织女神话联系起来，更显得奇妙而生动。《博物志》中，不少山川异物、民俗风景的描写，对后世浪漫主义小说家奇景奇境的刻画很有启发。但从总体来看，其小说价值不如前两类。

"志人小说"的名称始于鲁迅先生的《中国小说史略》。游国恩的《中国文学史》称为"轶事小说"，又叫"清言小说"。

志人小说以《世说新语》最有名，在这之前有东晋裴启的《语林》、郭澄之的《郭子》，都是记载士大夫们品评人物、清谈玄理的言行。

《世说新语》的名称和卷数今昔不同。《隋书·经籍志》小说类著录《世说》八卷。刘孝校注本为十卷，也称《世说》。唐写本残卷称为《世说新书》。唐代刘知己的《史通·杂说》才称《世说新语》。所以加"新语"或"新书"二字，鲁迅推测，当与汉代刘向的《世说》一书相区别。今传本皆作三卷。全书分德行、言语、政事、文学等三十六门，每门多篇，记载自汉末至东晋年间士大夫的言谈轶事，内容广泛，反映了魏晋间士族的放诞生活和清谈风气。

作者刘义庆（403～444年），彭城（今江苏徐州铜山县）人，是南朝宋武帝刘裕的弟弟长沙景王刘道怜的儿子，出嗣给临川烈王刘道规，袭封临川王。《宋书·刘道规传》有他的附传。刘义庆担任过南兖州刺史，性简素，爱好文义，著有《刘义庆集》八卷。小说有《幽明录》二十卷或作三十卷，已佚，鲁迅《古小说钩沉》辑得266则，属于志怪小说。《宣验记》十三卷，已佚，鲁迅钩沉辑得 35 则，内容大部分是说佛有灵验的故事，旨在劝人皈依佛教。

魏晋南北朝时期，士大夫们行为放荡，言语崇尚玄虚，形成清谈和放达的社会风气。《世说新语》就是记载当时名流的清谈和放达的言行。它的思想内容有四个方面。

（1）揭露封建统治阶级的凶残面目

《汰侈》揭露了大富豪石崇以杀人劝酒、令人发指的残暴行径。石崇每次邀朋友宴饮，常常叫美人劝酒。客人不能饮，他便叫侍者斩美人。一次丞相王导与大将军王敦拜访石崇。王丞相一向不善饮，勉强去喝，不一会就醉了。美女劝酒到大将军前，大将军故意不饮，看石崇如何办。石崇已杀三个美女，大将军仍不饮。丞相责怪他不该见死不救。大将军说："他杀他自家人，干你什么事呢？"统治阶级视杀人为儿戏，令人不寒而栗。

（2）描写封建文人放达的行为，具有蔑视封建礼教、鼓吹个性自由的意味

《任诞》载：竹林七贤之一的刘伶行为乖张，纵酒放达。他常常有意在房间里脱光衣服，别人进屋见此情景不免讥笑。他竟说，我把天地作房间，房间作衣服，你怎么跑到我裤子里来了？这种放荡不羁的行为，表现了魏晋士人率真任性的性格。他们力图摆脱儒家名教的束缚，张扬个性解放。当然，刘伶的狂放亦是一种玩世不恭的颓废情绪的表露。

（3）反映了士大夫的清谈习气

《文学》记载了这样一段轶事。阮宣子有好的声

誉。太尉王夷甫一次问他:"老庄与儒教有什么相同、不同处?"阮宣子答说:"莫不是相同,该是相同。"太尉佩服他回答得巧妙,征召他为属官。这种以模棱两可的话作为善于言词的标尺,反映了一些士大夫在高压政策下,既惧怕获罪,又想投当权者所好的复杂心态。

(4)表现士大夫中的一些美好品德

《德行》说阮裕在剡县时有一辆好车。别人向他借车,他从不拒绝。有人葬母,想借他车子一用,但用车子办丧事恐不吉利,故不敢开口。阮裕知道了,叹了口气说:"我有车而别人不敢借,要车有什么用呢?"于是把车子烧了。这个故事强烈地表现了阮裕乐于助人、严于责己的思想。

《世说新语》的思想局限性也是很明显的。作者站在封建士大夫的观点立场上,对一些名流人物放荡、颓废、奢侈的言行,往往抱着欣赏或同情的态度,即使是一些富豪残忍、凶暴的行为,也缺乏必要的批判。书中还有不少鼓吹封建道德、宣扬封建迷信的内容。如《德行》写王祥对后母的孝顺。后母让王祥看好院中的李树,有一次风雨急至,他怕损坏后母心爱的树,竟抱树而哭。一次,后母深夜持祥床前,想砍死王祥,适逢王祥不在而未砍着。王祥知道这事后,不但不恨后母,反而跪在后母面前请死,终于使后母感动,视为亲子。这个故事大肆宣扬封建的孝道。《术解》写郭璞替王导卜卦,知王导将有"震厄",叫王导截取柏树枝放在床上代替自己。后果如其言,床上的柏树枝被雷震碎，王导化险为夷。故事宣扬了封建迷信的灵验。这些都是糟粕。

《世说新语》在艺术上总的特色，诚如鲁迅先生所言："记言则玄远冷峻，记行则事简瑰奇。"具体来说有以下三点。

（1）注意生活细节的描写

通过细节描写塑造人物，而忌空洞的说教。如石崇请客，"常令美人行酒，客饮酒不尽者，使黄门交斩美人"。这个细节，活画出石崇骄纵、残忍的本质。此外，阮裕焚车、刘伶裸体，也都通过具体细节给人真实形象的感受。这说明作者对生活观察细致、描写具体，符合小说形象性的特点。

（2）篇幅虽短小，但却有一定故事性

《世说新语》每篇仅几十字到数百字，然而作者注意写出情节的曲折性，如石崇杀美人劝酒；先总写，再具体写请王丞相与大将军饮酒；王丞相与大将军两人对劝酒态度截然不同，一个不惜勉强饮得"沉醉"，一个则不饮，使石崇连杀三人而面不改色；最后又写王丞相责备大将军，大将军却振振有词，不为所动。经过一波三折，把石崇的骄纵、残忍，王丞相的随和、仁慈，大将军的固执，冷漠，皆刻画得栩栩如生。再如刘伶脱衣裸形，本来是别人讥笑他，反过来他却讥笑别人。这一回环曲折，写得别开生面，突出了刘伶机智放达，能言善辩的性格特点。

（3）通过不同人物的性格对比刻画人物

《德行》"管宁割席"一则，鲜明地揭示了管宁和华歆对待金钱、权贵的不同态度。面对石崇杀美人，王丞相与大将军也成鲜明对比。再有一篇，写祖士少好财，为财所累；阮遥集不好财，但讲究穿着。虽同是一累，然在精神上，阮遥集却闲畅愉快。两相对比，表达了作者的评价，写得简约有味。

当然，从总体上看，《世说新语》仅是小说的萌芽。不仅因为作者停留在真事实录上，尚未有意识地创作小说，而且篇幅过于短小，故事比较简单，还没有完全摆脱"丛残小语"的樊篱。另一方面，我们又不能不看到，它确实是中国笔记小说的先河，后世笔记小说多摹仿《世说新语》而作。唐有王方庆的《续世说新书》；宋有王谠的《唐语林》十一卷、孔平仲的《说世说》十二卷；明有何良俊的《何氏语林》三十卷、李绍文的《明世说新语》八卷；清有王晫的《新世说》八卷等。此外，《世说新语》为后世小说提供了许多素材。如杨修解"黄绢幼妇"之词、曹操叫军士"望梅止渴"及曹植七步成诗等情节均被罗贯中写进《三国演义》一书。

志怪、志人小说情节富于变化，注意结构的完整和细节的描写，刻画了人物的内心活动，塑造了一些较为鲜明的人物形象，即使写神仙鬼怪，也赋予其人的性格。因此，它们堪称为古代小说的萌芽。在创作方法上，志怪小说富有浪漫主义的幻想、理想成分；志人小说则富有现实主义写实的特色，可以分别看作是小说创作上浪漫主义和现实主义的最早源头。

三　唐宋传奇："有意为小说"

　　小说至唐为一大变。鲁迅《中国小说史略》指出："有意为小说"始于唐传奇。唐传奇改变了小说和历史相混淆以及粗陈梗概的弊病，而有意识地虚构完整的故事情节，塑造具有一定典型化的人物形象。

　　传奇小说，就是短篇文言小说。"传奇"名称来自晚唐裴铏（音 xíng）的小说集《传奇》一书。《新唐书·艺文志》子部小说家里有"裴铏《传奇》三卷"。原书已佚，部分篇章散存在《太平广记》等书中。宋以后根据这种小说"多奇异而可传示"① 的特点，遂以传奇概称之，颇带贬义。

　　"传奇"名称到后来发生种种变化。宋人以诸宫调为传奇；元人以杂剧为传奇；明人又以唱南曲为主的戏曲之长者为传奇，以区别北杂剧；近代又以专写英雄人物的小说为传奇小说。

　　唐传奇兴盛的原因，首先和社会的经济政治变化分不开。

----

　　① 　清·梁绍壬《两般秋雨盦随笔》。

唐代是中国封建社会的鼎盛时期，经济有了很大发展，出现了一些新的特点，主要表现为城市经济的繁荣和市民阶层的壮大。当时的长安、扬州、洛阳、成都等城市都是世界一流的大都会，集中了许多富商巨贾、中小商人、手工业者、妓女。社会经济和都市生活、人们之间的关系，由单纯变为复杂，由一元变为多元。晚唐时，扬州丝织业的一个作坊就拥有 500 张织机。不少城市还与南洋、波斯、日本通商，可见城市繁荣之盛。人们的社会联系日趋广泛，社会生活的内容更为复杂，从而开阔了传奇作家的视野。另一方面，读者已不满足记录史实、粗陈梗概的作品，要求一种能表现错综复杂的新生活、塑造具有丰富情感的新人物的新文体出现，传奇小说就适应了这种社会发展的新特点，为满足市民阶层文化娱乐的需要而产生。另外，盛唐的社会稳定，统治者比较开明，造成了政治上的宽松气氛，促使人们思想活跃、想象丰富，能够更大胆地反映现实生活，表达自己的思想感情，这对传奇小说的繁荣也有很大的影响。传奇的形式比较自由，可以写实，可以幻想，可以议论，也可以夹杂抒情的诗歌。这种高度灵活自由的文体也只有在政治宽松、思想开放、经济繁荣、生活联系复杂的条件下才能产生，并迅速发展。

其次，唐朝是我国封建社会文学创作的黄金时代，诗、散文都得到蓬勃发展并取得令人瞩目的成就。唐传奇就在各种文体创作繁荣的刺激下，尤其在六朝志怪小说与民间说唱文学的直接影响下逐步走向成熟。

随着佛教的盛行，为扩大佛教信徒队伍，吸引听众，往往在宣扬佛教教义的同时，要穿插说唱一段民间故事，由此形成唐代的"变文"，并逐渐演化成纯属说唱民间故事的"俗讲"。这种说唱结合、韵散相间的形式对传奇的创作有一定的启发。元稹的《莺莺传》就在散文的叙述中插入一首三十韵（即六十句）的《会真诗》，最后又有一段对张生善于补过的议论，便可看出受佛教变文及民间说唱文学影响的轨迹。唐代的古文运动，由骈体文改为比较接近口语的散文，具有文体解放的意义。唐代古文家提倡文以载道，使文学从过分追求形式的华美转向着力反映现实生活，这也为传奇小说的出现创造了条件。唐诗丰富的题材、优美的想象、精练的语言、深邃的意境，也给传奇的创作以很大的推动。有的诗人同时就是传奇作者，如《莺莺传》的作者元稹。有的传奇题材是根据唐诗改写的，如陈鸿的《长恨歌传》题材直接来自白居易的《长恨歌》。正是在各种文体创作经验的共同影响下，传奇小说很快成熟起来，成为这一时期小说的正宗。

最后，科举制度对传奇创作的繁荣也起过积极的作用。唐传奇的作者不再都是史官，而大多是举人、进士等文人。唐代科举制度盛行"行卷"、"温卷"的风气。应试的士子为了获得主考官或有权势人的赏识，增加中举的机会，往往先把自己的文章送给他们看，第一次送叫"行卷"，以后再送叫"温卷"。宋人赵彦卫的《云麓漫钞》记载，所送的大多是传奇，因为"盖此等文，众体文备，可见史才、诗笔、议论"。这种风气到中晚唐更加盛行，由此刺激和促进了传奇文学的发展。

现存的唐传奇作品达数百篇之多，主要见于《太平广记》、《全唐文》等书，其中以专集形式出现的就有40多部。

唐传奇的发展，一般分为三个阶段。

（1）初唐时期（618～712年），是由六朝"志怪"到唐传奇的过渡时期

这一时期传奇作品无论在思想内容还是在艺术手法上，都没有完全脱离"怪"的范围。不同的是，内容上虽以神怪故事为主，但增加了人世间的事，比较贴近社会现实；艺术上注意到结构的完整、形象的描绘，篇幅也较长。现存的作品只有三篇：王度的《古镜记》、无名氏的《补江总白猿传》、张鷟的《游仙窟》。

（2）中唐时期（713～873年）。安史之乱后，社会矛盾加剧，各种社会问题层出不穷，为传奇创作提供了丰富的素材和思想，是唐传奇空前繁荣的黄金时代

这一时期，作家辈出，佳作迭现。唐传奇中的名篇，如《离魂记》、《柳毅传》、《霍小玉传》、《李娃传》、《莺莺传》、《南柯太守传》、《长恨歌传》等皆出现于这一时期。其特点是：内容以反映现实生活为主，而且反映的生活面较广，触及社会的某些本质方面；艺术成就也较高，想象丰富、构思精巧、情节曲折动人、人物性格鲜明、生活气息较浓。

（3）晚唐时期（874～905年），是唐传奇的演变

衰微期

这时期战火四起、社会一片混乱，出现了"游侠"之风。相当多的中下层市民把希望寄托在具有神出鬼没的超常本领的侠客身上，希望他们行侠仗义、除暴安良、拯救百姓。因而这一时期虽然传奇作品数量增加，并出现了不少传奇专集，但神怪气氛复盛，与现实生活逐渐疏远，产生了一些豪士侠客的作品，如《红线传》、《聂隐娘》、《昆仑奴》、《虬髯客传》、《郭元振》等。

宋代传奇远不如唐传奇光彩照人。诚如鲁迅先生所言："宋一代文人之为志怪，既平实而乏文采，其传奇，又多托往事而避近闻，拟古且远不逮，更无独创之可言矣。"[①] 宋代小说的主要成就在话本而不在传奇。较好的传奇有《流红记》、《谭意哥传》、《李师师传》、《王幼玉传》等，总体成就远比唐传奇逊色。宋传奇衰落的原因，主要是由于宋代封建理学统治严厉，文人在思想上受到很大禁锢；传奇毕竟是用古文写的，与人民群众有一定距离，因而当民间的说话艺术悄然兴起之际，文人创作的传奇便逐渐走向僵化。

唐宋传奇思想、艺术上的成就是多方面的。

首先，题材上接近现实生活，且有比较丰富的社会内容，广阔的生活画面，小说的主角逐渐由神鬼变为现实生活中的人。魏晋的志怪志人小说虽也具有一定的现实意义，但志怪小说怪诞色彩较浓，志人小说

---

① 鲁迅《中国小说史略》。

也多局限于名人轶事，题材范围比较狭窄。唐宋传奇拓宽了题材的表现领域，广泛反映生活的各个方面，人物也不限于富豪名流，因而有着较强的现实性。

有的作品揭露了统治者为非作歹、鱼肉百姓的罪行。《补江总白猿传》写一个白猿肆意掠夺民女，连梁将欧阳纥的妻子都被他抢去。他所居的山洞"宝器丰积，珍馐盈品，罗列几案。凡人世所珍，糜不充备。名香数斛，宝剑一双。妇人三十辈，皆绝其色。久者至十年。"后欧阳纥在被白猿抢去的妇女帮助下，杀死白猿，救出众人。而欧阳纥的妻子已经被白猿奸污怀孕，产下一子即相貌丑陋、擅长文学书法的欧阳询。欧阳询在隋朝作太常博士，曾编《艺文类聚》。他的生父竟是荒淫无耻、作恶多端的恶霸。

有的作品则批判了朝廷政治的腐败。《南柯太守传》写淳于棼因酒醉卧槐树下，梦入槐王国，当了驸马，被任命为南柯郡太守。在任三十年，功绩卓著。后因与檀罗国作战，大败，公主又死，因此被罢官，又受人诬陷，引起国王猜忌，被国王打发回家。醒后在槐树下发现一穴，仿佛梦中所经历。穴内有蚁数斛，有二蚁王即槐安国国王及王后。作者出结论："贵极禄位，权倾国都，达人视此，蚁聚何殊！"反映了一般封建士子热衷于追求功名富贵的思想，又揭露了封建社会官场的险恶和争权夺利互相倾轧的丑态，同时也表现了作者对那种岌岌可危、朝不保夕的险恶政治环境的厌恶。《枕中记》是同类作品。道士吕翁在往邯郸途中，于旅店遇卢生，见他穷困叹息，便以一枕授生枕之，生遂入梦。梦娶贵家之女，登显官，任户部尚书兼御史大夫，然而却大为时宰所忌，以飞语中之，贬为瑞州刺史；后又升宰相，号为贤相，遭到同列害之，诬他与边将交结，意图不轨，以致下狱，几乎自杀。后来他借助于宦官的力量，重新得到皇帝宠信，位极人臣，寿终正寝，可醒来却是黄粱一梦。作品深刻地揭露了封建社会官场的黑暗和政治的险恶。

唐宋传奇中，数量最多、写得最精彩的是热情讴歌自主爱情和婚姻的作品。元稹的《莺莺传》写张生与崔莺莺的爱情故事。崔莺莺是受封建礼法教育的大家闺秀，然而她不但接受了张生的爱情，而且主动与张生私下同居，使张生竟怀疑"岂是梦邪"。这种青年男女大胆相爱的精神，具有冲破封建礼法束缚的反叛意义。后来张生赴京考科举，背叛了莺莺的爱情，还认为女人是"尤物"、"不妖其身，必妖于人"。这说明张生负心不单单是个人品质问题，而是科举制度以及封建伦理道德思想破坏了他们的自由爱情。有人责怪张生"是一个玩弄女人而毫无羞愧的封建文人"，其实，悲剧的产生不在个人而在社会。至于责备莺莺"无力起来斗争，只能自怨自艾，听凭命运摆布"更欠公道。在当时封建礼法森严的条件下，崔莺莺别无选择。以后张生要求以表兄身份见她，崔莺莺拒绝相见，就表现了对张生的鄙弃与抗议。

白行简的《李娃传》写常州刺史荥阳公之子郑生热恋长安名妓李娃。这位公子不到一年时间就花尽了所有积蓄。李娃像一般妓女一样见他没钱了，就跟鸨母合计把他抛弃了。郑生沦为乞丐，讨饭来到李娃家。本身纯洁善良的李娃并没有绝情，她见郑生的惨状，心灵很受震动，怀着悔过、赎罪的心情救了他，促他读书上进。当郑生金榜题名，即将走马上任时，李娃清醒地意识到他们之间有着不可逾越的鸿沟，毅然决定弃他而去。郑生不依，苦苦哀求，终于与李娃结为夫妇。李娃后被封为汧（音 yāng）国夫人。这篇小说不仅具有强烈的反对门阀制度的意义，更主要的还在于着力歌颂身为下贱的妓女——李娃身上表现的扶困济危精神，体现了作者的民主意识。荥阳公之子金榜题名后并没有忘恩负义，而是迎娶李娃，他们这种患难相助、不为门第所囿、坚贞不渝的爱情，颇具动人心魄、感人肺腑的力量。

李朝威的《柳毅传》也是以婚姻爱情为题材、独具特色的佳作。它写书生柳毅为受夫家虐待的龙女传书，致使龙女的叔叔钱塘君闻讯大怒，带兵杀了欺辱龙女的朝那小龙，救出龙女，龙女后嫁柳毅，成幸福夫妻。柳毅与龙女的结合不是出于俗套的郎才女貌，一见钟情，而是有着道德理想作基础。正是柳毅救助弱小的正义感和光明磊落的胸怀，才引起龙女的倾慕与追求。这样的爱情描写显然有着更深刻的美学意义。

还有的作品反映了社会动乱，歌颂了扶困济危的侠义英雄。《虬髯客传》写隋朝末年，隋炀帝在扬州过着花天酒地的生活，把朝政大权交给大臣杨素。杨素权倾朝野，骄横跋扈，不可一世。而李靖竟敢当面斥责他，使杨素的宠妓红拂深为钦佩，私奔李靖。在路上他们遇见了有图王之志的虬髯客。红拂认虬髯客为兄，三人被称为"风尘三侠"。虬髯客豪放慷慨，仗义助人，有远见卓识而行动诡秘。他有自知之明和知人之见。当他认识到李世民是"真命天子"时，便劝李靖辅佐世民，自己远走海外，自立为君。作品歌颂了他顾大体、识大局的胸怀。

如果说《虬髯客传》表现了人们渴望豪侠之士拯救国家的话，袁郊的《红线传》和牛僧孺的《郭元振》则表现了希望有侠义英雄平息地方战乱和为民除害的思想。《红线传》中，身为女奴的豪侠红线，运用盗取金盒的特殊手段，及时制止了藩镇田承嗣和薛嵩之间的一场血腥斗争。《郭元振》则写了英雄郭元振东郊杀猪魔，救出无辜少女的故事。表现了豪侠之士仗义救危的英雄本色。此外，《昆仑奴》中还塑造了一个聪明机智、侠骨义胆的"义仆"磨勒的形象。磨勒不顾个人安危，深入魔窟，突破重重难关，救出受大官僚奴役的红绡妓，使她得以与所钟爱的崔生结为夫妇，表达了当时受压迫人民希望解脱苦难的良好愿望。

总之，唐宋传奇的取材范围相当广泛，从个人婚姻到国家朝政，从士子功名到豪侠壮举，无一不在作品中展现。比起魏晋南北朝的志人志怪小说来，其题材的广泛性、内容的现实性，思想的深刻性，都有了很大发展。当然，这一时期的小说，思想内容方面也有欠缺，《南柯太守传》、《枕中记》都流露出"人生匆匆，一梦而已"，"人生如梦"的消极思想。有的作品充满鬼神迷信和宿命论；有的作品轻视妇女，把女子看作"妖"和"祸水";有的作品宣扬英雄史观,把解救百姓的苦难寄托于具有侠骨义胆的少数豪杰身上;有的作品则赞扬出于个人感恩而为主子效忠的行为等,这些都是由于传奇作者阶级的和历史的局限性所致。

唐传奇在艺术上的一个十分突出的成就,就是较为成功地塑造了各种各样的女性形象。这与当时社会的思想解放风气有很大关系。郭箴一在《中国小说史》中说:"唐代便是女性解放的时代了。雄才大略的武媚娘,居然一跃而为则天皇后,再跃而为大周金轮皇帝。……女子为求脱离家庭的束缚而为女道士之风又盛极一时。妓女制度也公开地成立。"这个结论是言之成理的。

唐传奇中的女性形象有以下这么几类。

(1)妓女形象

《霍小玉传》中的霍小玉、《李娃传》中的李娃,论身份地位,都是被侮辱、被损害的妓女,但论思想品质,她们却很高尚可贵。霍小玉美丽聪明,坚韧刚烈。她对自己与李益的爱情婚姻看得很清楚。尽管李益对她海誓山盟,而当李益离去时,她十分坦然地说道:"君之此去,必就佳姻,盟约之言,徒虚语耳。"她只希望李益能和她过八年夫妻生活,然后任他"妙选高门",而自己则出家当尼姑。然而这样一个微薄的要求也不能实现。李益一别之后,即遵从母命,与高门卢氏结姻。小玉变卖家财,甚至将最心爱的紫玉钗卖去,多方寻找李益,而李益却躲避不见。最后李益被黄衫客强邀到小玉处，小玉怒斥李益负心薄情，发誓要变成厉鬼使他妻妾不安，随后长叹数声而气绝。霍小玉的形象十分动人，她既多情又刚烈，既美丽又有头脑。作品对妓女的歌颂，反映了市井之民力量崛起的时代特色，揭露了封建门阀制度的罪恶。

（2）贵族小姐形象

如果说妓女在爱情追求上比较自由大胆与她们的身份处境有关，那么，像《莺莺传》中的崔莺莺、《柳毅传》中的龙女这样一些出身于贵族之家的小姐，对自由、爱情的大胆追求就深刻地反映了当时妇女觉醒的普遍性。当然这种觉醒有着很大的动摇性，不自觉性。明明是崔莺莺以题为《明月三五夜》的诗约张生来相会，可是当张生真的应约前来时，她那潜在的封建意识却又突然发作，板起面孔，把张生训斥了一顿。崔莺莺讲孔孟之道时，振振有词，滔滔不绝，而当她私自主动与张生同居时，竟"终夕无一言"，生动地写出了她那既大胆地追求自由爱情，又受封建意识桎梏的复杂微妙的心理。对于像她这样饱受封建礼法教育的大家闺秀，要冲破礼教的桎梏，该需要多大的勇气啊！同样，龙女也是如此，既炽热地爱着柳毅，拒绝与父母择定的"灌锦小儿"成婚，又不能直诉衷肠，与柳毅永结秦晋。但不管怎么说，从她们身上，我们毕竟看出了妇女要求婚姻自主的时代潮流是不可阻遏的，看出了当时妇女冲决封建礼教束缚，追求自由爱情的意志和决心。

（3）侠女形象

唐传奇中塑造了不少勇敢机智的侠女形象，这对男尊女卑的传统观念无疑是一次大的挑战。《虬髯客传》中的侠女红拂，勇敢而不盲动。她于乱世中毅然私奔卓有才智的英雄李靖，在于她对敌我力量有深刻的认识和清醒的估计，看出了杨素虽权重京师，却"尸居余气"的本质。再如《谢小娥传》中的谢小娥，出身于商人家庭，父亲与丈夫俱被强盗杀害。谢小娥为给父夫报仇，乔装成男子，给仇家当佣人。两年来她任劳任怨，逆来顺受，很博人好感，更无人知道她是女子。取得信任后，终于有一天，乘仇人醉酒沉睡之际，将仇人并其党羽数十尽行杀戮，表现了她沉着机智、疾恶如仇、有勇有谋的品质。

（4）狐女形象

《任氏传》中的任氏，是一个没有受到封建礼教浸染的带有几分野性的狐女。她美丽善良、性格开朗。爱上贫困的郑生，主动进取，而当贵公子韦鉴上门凌辱她时，她义正词严地痛加斥责，使其歹念不果。当郑生远出谋生时，她明知将有不测，但为郑生计，仍与之同行，途中果为猎犬所害。狐女颇有人情，十分可亲，在她身上体现了广大下层妇女的优秀品质。这对后来《聊斋》中大量出现的狐女形象有很大影响。

总之，唐传奇塑造了不少性格各异，光彩照人的女性形象。她们不仅是自由爱情的追求者，封建礼教的反抗者，而且在国家政治生活中，在惩治坏人的斗争中发挥了积极作用，体现了作者较为进步的妇女观。当然，其中也难免掺杂了一些糟粕。如《谢小娥传》中，谢小娥为夫父报仇、铲除恶霸的勇敢行为，却被作者赞为"贞夫孝父之节"。一些妇女对爱情追求的动因仅仅是钟情于才貌，缺乏共同的思想基础。特别是《莺莺传》的作者把张生"始乱之，终弃之"的负心行为誉为"善补过"，更是将作者浓厚的封建意识暴露无遗。

再次，在创作方法上，出现了现实主义与浪漫主义的结合。魏晋南北朝的志怪小说浪漫主义色彩较浓，志人小说现实主义成分较强，而唐传奇则体现了浪漫主义与现实主义的结合，当然结合的方式是多种多样的。

有的作品故事情节是梦幻的，而反映的内容却较为现实。如《枕中记》、《南柯太守传》，都以梦幻的形式极其真实地反映了官场的黑暗、吏治的腐败。有的作品人物形象具有超现实的因素，而其思想感情却与普通人无二。如《霍小玉传》中的霍小玉，死后变为厉鬼，闹得李益妻妾不得安宁。但厉鬼并不狰狞可怖，却极富情趣，十分真实。"厉鬼"是一位年可二十的美男子，勾引卢氏，致使李益疑惑猜忌，夫妻感情不和。再如《柳毅传》中的龙女，虽身为龙女，却无法反抗公婆丈夫的虐待，只知暗中饮泣。待柳毅传书相救，龙女知恩必报，下嫁柳毅，并为他生了孩子，这也是人之常情。还有的作品意境是夸张的、理想的，而具体描写都是合情入理，令人信服的。如《任氏传》写狐仙任氏之美，美到无以复加的地步，带有理想的光环，然而作者描写的手法是以实际生活中的人物加以烘托对比，以实衬虚，调动读者的想象力，使任氏的美显得真实可信，可亲可爱。

最后，自觉地运用小说的各种写作技巧，虚构情节，使唐传奇构思新颖，情节曲折，富于悬念，具有较强的艺术吸引力。魏晋南北朝的志怪志人小说，往往以作者的见闻与感受作为结构线索，因而很少注意故事情节的完整，结构较为松散。而唐传奇把故事情节放到结构的中心位置，因而作品容量大，故事有头有尾，情节完整。如《离魂记》从倩娘的幼年一直写到她如何因爱离魂，私奔王宙，又如何因想念父母而还魂回家，四十年间夫妻恩爱情深，生下的两个儿子如何孝顺、中举、做官，整个故事的来龙去脉，前后经过，交代得十分清楚，而且故事情节曲折有致，跌宕起伏，而非平铺直叙，粗陈梗概。《离魂记》就经历了五个曲折：①倩娘的父亲很早应允把倩娘许给王宙。倩娘、王宙青梅竹马、情深意笃。而及至倩娘长成，其父竟又反悔，把倩娘许配他人。风波乍起，情节逆转。②王宙无奈，诀别上船，远去他乡。夜间，忽然闻岸上有一人行走甚速，须臾至船，原来是倩娘赶来。③倩娘与王宙私奔成功，经五年，生二子，夫妻和顺，安享天伦。不料情节又转，倩娘思念父母，感到恩慈间阻，无颜独存，夫妻双双还家。④及回家，倩娘父亲张镒说其女病在榻上，不曾离去，不信王宙之说，待派人上船检视，倩娘魂与家中病体合为一人，才使张镒相信。⑤张镒信了此事后，会不会容忍这桩婚事，其结果又将如何，读者是否相信这事，作者又一一作了交代。一连串的曲折，使全文波浪迭起，富有引人入胜的艺术魅力。尤其是倩娘离魂，作者开始未加说明，五年后，父女团圆才加以点破，令读者恍然大悟，由惊而喜。这样的情节安排显然是作者的精心杜撰，独具匠心。小说情节的曲折变化能较好地服务于人物性格的塑造，与人物性格的发展同步而不游离，从而赋予人物形象以艺术的生命。《离魂记》中，王宙初听到张镒要将倩娘许嫁他人，异常愤恨，诀别时，王宙极为悲痛。及至倩娘私奔与之见面，王宙惊喜发狂；倩娘思念父母，王宙也可怜同情于她。王宙的感情随着情节的发展，经历了"恨—悲—喜—哀"的起伏，人物性格就在感情的变化中突现出来，使读者如见其人，很感真实。当然，唐传奇在结构上也有不尽如人意的地方。例如在情节铺垫上，对人物性格发展、转变的原因交代不够，甚或没有交代。如《莺莺传》，崔莺莺从当面训斥张生来幽会到自己主动夜间来到张生房中，这中间应有激烈而痛苦的思想斗争，作者只字未写，不免使人感到突兀，也有损于人物性格的丰满。

唐传奇在思想和艺术上的成就是巨大的，在中国小说史上的地位是十分重要的。它不但扩大了小说题材的范围，而且提高了小说创作的艺术水平，把处于雏形状态的六朝小说发展到比较成熟的阶段。它对后世小说创作的影响也极其深远。在题材上，如宋元话本《李亚仙》、《陈巡检梅岭失妻记》、《莺莺传》、《黄粱梦》，明拟话本如《杜子美三入长安》、《吴保安弃家赎友》、《白娘子永镇雷峰塔》等都改编自唐传奇小说。在人物形象的塑造上，后世小说也有明显的继承关系。在宋元话本《碾玉观英》中的秀秀、《三言》中的杜十娘、花魁娘子等妓女形象身上可以看到霍小玉、李娃、红拂的影子；蒲松龄的《聊斋志异》中大量描写的人神狐鬼间的爱情，显然也是对《任氏传》、《离魂记》的继承和发展。更重要的是，唐传奇在体制、形式上直接影响到中国小说民族风格、民族形式的形成。中国小说一般重故事情节，情节往往带有传奇色彩，以"奇"制胜。故事有头有尾，篇幅虽短，然时间跨度较大，头绪清楚，交代明白，以及语言简洁、传神，给读者留下想象的空间等。中国小说的这些民族特色，可谓无不肇始于唐传奇。

四 白话小说的滥觞：
宋元话本小说

"话本"，即说故事的底本。它始于唐代寺庙僧侣，旨在用于宣扬佛经的"变文"和"俗讲"。鲁迅在《中国小说史略》中说："然用白话作书者，实不始于宋。清光绪中，敦煌千佛洞之藏经始显露，大抵运入英法，中国亦拾其余藏京师图书馆；书为宋初所藏，多佛经，而内有俗文体之故事数种，盖唐末五代人钞，如《唐太宗入冥记》，《孝子董永传》，《秋胡小说》则在伦敦博物馆，《伍员入吴故事》则在中国某氏，惜未能目睹，无以知其与后来小说之关系。"

敦煌千佛洞的藏经洞于 1899 年初夏被发现，内约有三万多个卷子，多半为手抄本，少数为木刻本。年代从公元四世纪末到十世纪初，作品大部分被盗，运往伦敦、巴黎，后经王重民等学者到英法拍摄回来。敦煌石室藏书与文学有关的有唐人的诗，唐宋五代的词，最多的是说唱体的通俗文学，1957 年王重民、向达等人编辑出版了《敦煌变文集》是这方面最完整的集子。该书共收作品 78 种，内容大体有三类：一是以历史故事或民间传说为题材的变文，如《汉将王陵变》、《王昭君变文》等；二是反映当时现实生活的变文，如《张义潮变文》、《张维深变文》等；三是讲述佛经故事的变文，如《八相变文》、《破魔变》等。形式大都是散、韵文相间，韵文基本为七字句。向达在《敦煌变文集·引言》中说："唐代寺院中所盛行的说唱体作品，乃是俗讲的话本，变文云云，只是话本的一种名称而已。"有的变文作品就直接标名为话本，如《庐山远公话》。

寺庙里的和尚讲解一为俗讲，一为僧讲，俗讲对象为未出家的佛教徒，僧讲对象为出家的和尚。俗讲的开讲人为了引起听众的兴趣，获得较好的效果，采用变文的形式：讲唱结合，而且内容也由单一的佛经故事进而增加一些历史掌故、民间传说。变文中的话本，实际上就是唐代通俗小说，存数虽不多，但对中国小说的发展影响极大。如《伍子胥变文》，作者在历史故事之外，运用丰富的想象，增加了许多离奇曲折的情节。如伍子胥之兄为楚平王所杀，伍子胥只身出奔吴国，为逃避捉捕，伍子胥用法术掩护自身，使捉他的人误认为他已死亡。作品写伍子胥逃到吴国后，带兵攻打楚国，杀了楚昭王，鞭尸楚平王，表现了作者对不准犯上的封建道德观念的突破。《秋胡变文》则写秋胡抛弃母亲和妻子去追求功名利禄，归途中轻佻地调戏久别不识的妻子；作品谴责了封建士子金玉其表、败絮其里的本质。《秋胡变文》除了赠诗一首六句韵文而外，全是散说，堪称是一篇地道的小说。

唐代另一类通俗小说则是佛经故事，数量比非佛经故事要多。思想内容多是宣扬因果报应的佛家思想，可取之处不多。如《丑女缘起》，写一个人对佛教不虔诚，下世投胎成为丑女人，皈依佛教后变得漂亮无比，很受丈夫敬爱。

唐代通俗小说在艺术上有不少成功的经验，突出表现在很注重人物心理活动的描写和环境的烘托。六朝志怪小说和志人小说基本没有心理刻画，唐传奇人物心理活动的描写也不多见，纵有，也只是片言只语。而唐代通俗小说中人物的内心独白则随处可见。这种内心独白很多是用唱词表现的。如《伍子胥变文》，伍子胥逃亡途中，遇大江阻隔，有一段唱词，很好地表现了他内心又悲又急的思想感情。路上，他又饥又累，有个浣纱的女子可怜他，给他吃了一顿饭，伍子胥离去后，浣纱女自觉不贞，便要自杀，又有一段唱词，写出了她此时的内心活动。这些心理描写虽不见得很成功，但说明作者已注意到心理刻画对揭示人物性格的重要性，力求将人物内心活动写得丰满、充实。

此外，环境描写更加细腻，为映衬人物性格服务，也是唐代通俗小说的一大特色。如《韩朋赋》，韩朋的妻子贞夫被宋康王派来的人抢上车的时候，作者写道："出入悲啼，邻里酸楚；低头却行，泪下如雨。上堂释客，使者扶举。贞夫上车，疾如风雨。朋母于后，呼天唤地，号啕大哭，邻里惊聚。"这就把韩朋妻贞夫的悲痛与朋母、邻里的悲痛相呼应，更加强烈地烘托出韩朋妻被抢的凄惨与内心的酸楚。

当然，唐代通俗小说与宋元话本还是有区别的。

首先，唐代通俗小说还未作为白话小说正式定形，有的叫"变"，有的叫"诂"，有的叫"赋"，还有的干脆没有名称。其次，还没有从寺庙讲解中分化独立出来，不像宋元话本那样分为四家，小说与说经完全脱离，各成相对独立的一科。再次，唐代通俗小说语言上虽以口语为主，但还杂有较多的文言。但是，这种又说又唱的艺术形式，构成中国古代小说的基本艺术特点，宋元话本就全部继承了下来。不过，宋代话本的兴盛，自有其经济、政治、文化等多种原因。

宋王朝建立后，为了巩固统治，在经济上采取了一系列有利于生产发展、减轻人民负担的措施，生产力得到一定程度的提高，政治安定，阶级矛盾趋于缓和。随着农业、手工业的发展，商业经济也日益繁荣，市民阶层不断扩大，为满足城市平民日益增长的精神需求，各种娱乐活动如杂耍、伎艺等就逐渐兴盛起来，在各种文娱形式之中，"小说"和"讲史"颇受欢迎。于是宋元时代的说话艺术有了长足的发展，出现了下述新情况。

出现了完全以娱乐为目的、固定的说话场所——瓦肆、勾栏

瓦肆是宋代的市语，又称"瓦市"、"瓦子"、"瓦舍"，是"来时瓦合，去时瓦解之义，易聚易散也"①。

---

① 《梦粱录》。

当时瓦舍数量很多。据《东京梦华录》卷二记载，仅北宋首都汴京就有桑家瓦子、朱家桥瓦子；卷三记载汴京还有州西瓦子、保康门瓦子、州北瓦子。仅桑家瓦子就有"大小勾栏五十余座"，有的"可容数千人"。这与唐代说话主要在寺院里的情况大不相同。

 出现了分工很细、各有专长的有名的说话人

据胡士莹《话本小说概论》引《西湖老人繁胜录》、《梦粱录》、《武林旧事》等书记载，南宋临安及宫廷中的说话人中，有姓名可考的多达110人。其中专门说小说的有蔡和等58人，专说铁骑儿的1人王六大夫，专说评话的1人蛮张四郎，说经的有长啸和尚等18人，讲史书的有齐万卷等26人，另有其他6人。讲史中还有专门说三分的、说五代史的。如霍四就以说三分著称。一个城市有这么多各有专长的著名的说话人，可见当时说话艺术之盛。说话艺人还有自己的行会组织——雄辩社。他们在社里互相切磋技艺、交流经验、传递信息，这对提高说话艺人们的说唱水平无疑大有裨益。

 出现了专门编写话本的团体——书会

书会名目很多，有永嘉书会（见《白兔记》）、九山书会（《张协状元》）；古杭书会（《小孙屠》）、武林书会（《录鬼簿》"萧德辉"条）；御京书会（《宦门子弟错立身》）；元贞书会（《录鬼簿》"李时钟"条）；敬业书会（《荆钗记》）等。书会的成员称为书会才人，系有一定功底的落魄文人。在《白娘子永镇雷峰塔》话本里，就记有才人编话本之事："俺今日且说一个俊俏后生，只因游玩西湖，遇着两个妇人，直惹得几处州城闹动了烟花柳巷，有分教教才人抠笔，编成一本风流话本。"

4 出现了说话艺术与戏曲、木偶、杂技等各门艺术互相吸收、竞相发展的局面

随着城市经济的繁荣，各行各业分工很细，人们的娱乐兴趣也多样化，从而使宋金杂剧、宋元南戏及各种技艺都蓬勃兴起。说话艺术吸收姐妹艺术之长，融会贯通，更加兴旺发达。据《武林旧事》记载，南宋临安各种伎艺人就有 540 人，伎艺 55 种。说话艺术还分为各种家数，家数的分法各式各样。鲁迅的《中国小说史略》中分说话艺术为：小说、说经、讲史、合生四类。"小说"，基本取材于城市人民生活；"说经"，主要是宣扬佛教经典；"讲史"，是讲述历史场面；"合生"，鲁迅说是"与起今随今相当，各占一事也"①。据《梦粱

---

① 鲁迅《中国小说史略》。

录》卷二十，"起今随今"，应作"起令随令"。起令是说出一个题目，随令是按照题目当场唱出一首诗词。而"合生"又作"合笙"，古代一种伎艺，二人演奏，有时伴以舞蹈歌唱，铺陈了事件人物，有时指物题吟，滑稽含讽。胡士莹认为："合生是一种以歌唱诗词为主的口头伎艺，内容很少故事性，实与以故事为主的'说话'殊途。"① 这种分工细密、互相影响、竞相发展，为说话艺术水平的提高，创造了良好的条件。

 ## 出现了作为书面文学作品的话本小说

　　话本原是说话人的底本，内容简要，有的只记一个故事轮廓。这种底本，不是直接给人阅读，而仅是供说话艺人记忆与讲授用的。随着说话艺术的发展和市民阶层对文化生活需求的提高，人们不单要听故事、看表演，而且要谈作品。于是话本有了辗转传抄的较多的手抄本，在转抄的过程中，不少文人给予一定的增删润饰，加工提炼，使作品的可读性增强了。加上宋代活字印刷术的发展，书商见有利可图，便多方搜求话本，请人加工，刊印牟利。于是，原来简略粗陋的说话底本，发展为可供阅读的书面文学作品。随着话本小说的大量刊印，话本的体制也逐渐固定下来，

---

①　鲁迅《中国小说史略》。

如有题目，有篇首诗，有入话；有得胜头回，有正话，有结尾。

 6 出现了完全由文人创作的拟话本

话本小说受到读者欢迎，一本好的话本小说往往不胫而走，在市民中激起一定的反响。于是一些文人或为图利，或为猎名，或为消闲，或为抨击时事，开始模拟话本的体制进行创作。这就出现了主要供案头阅读的文人创作的话本小说，鲁迅先生称之为"拟话本"，如北宋刘斧的《青琐高议》和《青琐摭遗》，它的标题：

《流红记》，（原《红叶题诗寄韩氏》）；

《许真君》，（原《斩蛟龙白日上升》）

赵景深认为前面用的标题是传奇体，下题是章回体，大约此书可说是从传奇体到章回体小说的桥梁。① 还有《绿窗新话》一书，全书154篇，篇篇标题都是七字一句，如《张公子遇崔莺莺》，该书也是早期的拟话本。拟话本到了明中叶后，发展到全盛时期，出现了"三言"（《喻世明言》、《警世通言》、《醒世恒言》，其中有一部分是以宋元话本为底本进行加工的）；"二拍"（《初刻拍案惊奇》、《二刻拍案惊奇》，纯属文人模拟

———————

① 胡士莹《话本小说概论》。

话本之作）这样一些成就高、影响大的拟话本，标志着古代白话短篇小说进入一个极为繁盛的时期。

宋元话本的体制结构一般由四个部分组成：题目、入话、正话与篇尾。"题目"根据正话的故事确定，是故事内容的主要标记。"入话"，也叫"得胜头回"、"笑耍头回"，是在正文之前先写几首与正文意思相关的诗词或几个小故事，以引入正话，它有启发、聚集听众的作用。"正话"即故事的正文，是话本的主要部分。"篇尾"，是说话人直接总结全篇主旨，或对作品中的人物、事物加以评论，内容上一般游离于情节结局之外，形式上往往用四句或八句诗句，有时也用词或整齐的韵语。

宋元时代的话本，据《醉翁谈录》、《也是园书目》、《宝文堂书目》记载，约有 140 种之多，但因封建士大夫的排斥、摧残，加上年深日久，无人编辑整理，大多散佚，保持至今的约有四十余种，散见于《清平山堂话本》、《熊龙峰四种小说》以及冯梦龙编辑的《喻世明言》、《警世通言》、《醒世恒言》等书中。

平心而论，宋元话本的整体思想成就并不太高，如《志诚张主管》，写一个白发老人张员外的小夫人，主动追求员外店里的主管张胜，张胜恪守儒家道德观，不敢越礼答应。结果小夫人犯案自杀，而张胜则清白无事。作者赞道："亏杀张胜立心志诚，到底不曾有染，所以不受其祸，超然无累。"可见作者思想观念之陈腐。再如《西湖三塔记》写女妖迷惑男人，男人差点被害死，较之唐代小说歌颂真挚的爱情，描写人与鬼、人与狐恋爱之事，显然是个倒退。

当然，宋元话本也有一些思想内容比较进步的作品，如《碾玉观音》、《闹樊楼多情周胜仙》、《快嘴李翠莲》等篇，肯定了青年男女对自由恋爱的追求，特别是热情赞扬了女性在追求爱情中的坚决和勇敢。《碾玉观音》写被咸安郡王买作"养娘"的璩秀秀爱上了碾玉匠崔宁，趁王府失火，双双逃至潭州安家立业，后因郭排军告密，郡王抓回秀秀处死。但死亡没有阻止秀秀追求爱情生活的愿望，她的鬼魂仍与崔宁做夫妻，并惩处了郭排军。《闹樊楼多情周胜仙》写周胜仙在金明池上遇见范二郎，主动大胆地向范二郎表白自己的爱情，爱得坚决热烈。父母阻止，她始终不屈服，为范二郎她死过两次，做了鬼还请假三天来和范二郎相聚，最后又通过五道将军把范二郎救出监狱。这两个故事的意义在于突出地表现了青年女性在爱情上的反抗精神。

另外，以公案为题材的作品，如《错斩崔宁》和《宋四公大闹禁魂张》则揭露了封建社会昏官恶吏草菅人命的黑暗现实，表现了人民对统治阶级的殊死斗争。《错斩崔宁》写崔宁和陈二姐被卷入因十五贯钱而引起的谋杀案中，由于府尹"率意断狱，任情用刑"，结果被招供诬服，判处死刑，对封建官吏昏庸糊涂而又凶狠残酷的本质给予了严厉的批判。《宋四公大闹禁魂张》描写侠盗宋四公、赵正等人路见不平，拔刀相助，凭着一身本领，惩罚了为富不仁的财主张富，偷走了钱大王的玉带，戏弄了要捕捉他们的滕大尹，闹的禁卫森严的东京城一片惊恐，不得安宁，嘲弄了统治阶级的腐朽无能，歌颂了人民的反抗精神。

宋元话本毕竟是封建社会的产物，即使是这些较为优秀的作品，也不可避免地带有明显的封建思想的烙印。《碾玉观音》中，真正绞杀秀秀与崔宁幸福婚姻的刽子手应是郡王，作品只写秀秀痛恨给郡王报信的郭排军，却对使她招致杀身之祸的郡王轻轻带过，只字未提对他的惩罚，而且一再写到秀秀没有福气，不能在郡王府里安享荣华。《错斩崔宁》还给封建最高统治者涂抹了一层金粉：写皇帝将无心判错案的官吏削职为民。这一描写削弱了作品对封建政治腐败黑暗的批判力量。

宋元话本在艺术上有很大成就。它在人物塑造上活现了众多"市井人民"的光辉形象。以前的小说多以王公贵族、太太小姐为主要描写对象，而宋元话本却使小说更趋于平民化、市井化。不少作品直接写商人、手工业者，描写了他们喜怒哀乐的情感，刻画了他们鲜明突出的性格。《碾玉观音》中的秀秀是璩家裱褙铺的女儿，她爱上的是碾玉匠崔宁，他们私奔到外地后，靠自己的手艺过着衣食不愁的安宁生活。《志诚张主管》中的张主管是个店员，小夫人的丈夫是一个开钱铺的员外。《错斩崔宁》中的崔宁是到城里卖丝的小商贩。《花灯轿莲女成佛记》中开花铺的张元善是个做花的手工艺人，文中称他为张待诏。（待诏是宋代对手工艺人的专称，一如称碾玉匠崔宁为崔待诏一样）

《闹樊楼多情周胜仙》中的周胜仙家里是个开染坊的，她所爱的范二郎，其兄范大郎是开酒店的。这些作品对宋代城市风貌及各色市民的生活习性、心理特点的描写，为我们展现了一幅宋代色彩斑斓的市井生活画卷，足以证明宋元话本具有不同于以往小说的显著特点，尤其是璩秀秀、周胜仙、李翠莲、崔宁等市民形象的刻画，栩栩如生，个性鲜明，达到相当的典型性，更是对中国小说史的贡献。

作者在刻画人物时，善于通过人物的内心活动和对话来表现性格。《错斩崔宁》写刘贵驮钱带醉回家，与陈二姐的一段对话以及刘贵睡着后陈二姐的内心活动，十分传神地表现了陈二姐逆来顺受、细心善良的性格特征。《闹樊楼多情周胜仙》中，周胜仙故意和卖书人争吵，曲折地诉说了自己的身世，主动地向范二郎表达了爱慕之情，写活了周胜仙聪明机智的性格。再看《碾玉观音》中秀秀、崔宁逃出王府后的一段对话：

秀秀道："你记得也不记得?"崔宁叉着手，只应得诺。秀秀道："当日众人都替你喝采：'好对夫妻!'你怎地倒忘了?"崔宁又侧应得诺。秀秀道："比似只管等待，何不今夜我和你先做夫妻?不知你意下如何?"崔宁道"岂敢!"秀秀道："你知道不敢，我叫将起来，教坏了你，你却如何将我引家中，我明日府里去说!"崔宁道："告小娘子，要和崔宁做夫妻不妨，只一件，这里住不得了。"

　　这段对话，将秀秀追求爱情及主动、泼辣的性格和崔宁憨厚、怯懦的个性都表现得淋漓尽致。这是唐代通俗小说所无法比拟的。

　　更为重要的是，宋元话本开创了中国白话小说的先河。话本起初是以口头创作的方式出现的，因而话本的语言是当时通行的口语。从口头创作转为书面文学时，通俗的口语经过作家的加工改造，便形成一种特殊的语言风格：既保存了口头创作的灵活性、通俗性，又具有书面文学的精练性、成熟性。从而，宋元话本第一次全面突破了以文言为主的小说用语上的范畴，开创了我国文学语言上的一个新阶段。如不少话本大量运用来自群众的俗语、谚语，"将身投虎易，开口告人难"，"火到猪头烂，钱到公事办"，"鳌鱼脱却金钩去，摆尾摇头不再回"，"画龙画虎难画骨，知人知面不知心"，"着意栽花花不发，等闲插柳柳成荫"，等等，言简意赅，含蓄隽永，使作品生动有趣，充满生活气息。而且，与唐代通俗小说相比，宋元话本歌唱成分相对减弱，散文的成分加强了；结构完整，剪裁得当，故事性强，描写更加细腻。不少作品通过"巧合"增加情节的曲折性，如《错斩崔宁》，作者始终抓住一个"错"字，强调一个"巧"字，精心安排情节。刘贵戏言；二姐出走是"巧"；二姐走后，刘贵被杀，又是"巧"；二姐偶遇崔宁结伴同行，也是"巧"；刘贵丢失的钱与崔宁身上的钱同是十五贯，更是"巧"。正是这种"巧"，导致二人被错判死刑。作者的匠心独运又处处包含着当时社会生活的必然性。

男女授受不亲的封建道德观及官府的黑暗，才使这种"巧"显得合情入理。整篇小说就是在这种"无巧不成书"的布局中令读者目迷神往，爱不释手。

长篇讲史说经的话本，对后世长篇小说的创作影响甚大。

宋元说话艺术中，最为发达的除了"小说"，就是"讲史"。"讲史"是根据史书吸取民间传说敷演成篇。它以朝代更迭为线索，讲述历代兴废之事，语言半文半白，篇幅较长。宋元讲史话本，被确定的有以下几种。

（1）《新编五代史平话》无作者姓名，曹元忠的跋说是"宋巾箱本"，但其中不避宋讳，大约是经元人修改。它是说"五代史"的底本，梁、唐、晋、汉、周，各分上下二卷，现梁、汉的下卷已佚。全书大都依据历史，只在细节地方渲染润饰。虽然受正史影响较大，但在一定程度上反映了当时人民饱受战争动乱的苦难，对黄巢农民起义并非完全否定，而是抱有一定的同情与肯定。作品结构散乱，情节连贯不够，艺术性不高，但对黄巢、朱温、刘知远、郭威等人的描写较为生动，以后演变为长篇历史演义小说《残唐五代史演义传》。

（2）《全相平话五种》，元代至治年间刊行。它包括《武王伐纣平话》、《七国春秋平话》后集（又名《乐毅图齐》）、《秦并六国平话》、《前汉书平话续集》（又名《吕后斩韩信》）和《三国志平话》。这些作品大抵依据正史，但也穿插了不少民间流传的故事。其中以《三国志平话》的成就最高，已初具《三国演义》的轮廓。《三国志平话》承袭了民间说书贬曹褒刘的思想倾向，歌颂了其成员多来自社会底层的刘备蜀汉集团。这反映了当时的汉族人民反对元朝贵族统治的斗争愿望。

（3）《大宋宣和遗事》虽以宋人口吻叙述，但其中夹有元人的话，且不避南宋帝王的名讳，因而可能是宋人旧本而经过元人增益。该书是一部杂凑的书，简略叙述了北宋政治的兴衰。其体例不一致，语言是文白夹杂，结构也松散，艺术上并无多少可取之处，唯在思想上揭露了以宋徽宗（赵佶）为首的统治集团的荒淫、腐朽，表现了作者对黑暗政治的愤怒和对人民苦难的同情，因而较《新编五代史平话》进步得多，更为可贵的是对宋江等农民起义军作了肯定的描写。梁山泊故事已经具备《水浒传》的一些主要情节：杨志卖刀杀人；晁盖智劫生辰纲；宋江杀惜，得到九天玄女的天书，上有宋江三十六人姓名，要宋江"广行忠义，灭奸邪"！晁盖死后，宋江被推为首领，最后宋江等人受招安、立功、封节度使等。显然，《大宋宣和遗事》对《水浒传》的形成，有着重大而直接的关系。

总之，讲史话本本身成就虽然不高，但它们对后来《三国演义》、《水浒传》、《封神演义》、《列国志传》等著名历史小说的创作却有很大影响。

此外，说经话本《大唐三藏取经诗话》，又名《大唐三藏法师取经记》也值得一提。鲁迅认为该书是宋代作品，因为早期刊本中有"中瓦子张家印"。张家是宋代临安（今杭州）一家有名的书铺，也有人认为这家书铺到元代也还存在，因而难以确证出书时代，但说该书是宋元之间的版本该是比较稳妥的。诗话叙述高僧玄奘历尽艰辛到天竺取经的故事。书中出现了猴行者，还出现了深沙神，显然是《西游记》中孙悟空与沙和尚的前身。书中除了取经故事外，还写了孙悟空偷吃天母蟠桃的故事以及人参果的故事。可以说，这本书为《西游记》的创作提供了最早的雏形。

讲史、说经话本为后来长篇小说的创作打下了坚实的基础。这是宋元话本的又一历史功绩。

宋元话本在中国小说发展史上占有光辉的一页，与它同时并存的还有宋人志怪传奇，就是人们通常所说的文言小说。它的成就虽不如唐人传奇那样琳琅满目，美不胜收，然而在数量上却旗鼓相当，不下二百余种。其中，篇幅最为宏伟的是多达 420 卷的《夷坚志》，作者洪迈，系宋代著名文学家。作为志怪小说的《夷坚志》，卷帙既繁，内容也相当芜杂。一味炫示怪异，宣扬冤怨报应，自不足取，但是书中也不乏描写吏治黑暗，揭示战乱苦难，讴歌反对封建礼教束缚，追求理想爱情生活的篇章。如《袁州狱》中县尉的欺上瞒下，造成四个村民无辜致死；《太原意娘》、《徐信妻》、《陕西刘生》等篇反映战乱对人民生活带来了巨大灾难，夫妻分离，悲死他乡，生不能聚，只好魂归故里；《鄂州南市女》中的吴氏女，看中茶店小仆彭飞，但因门不当，户不对，无法与自己的心上人结为秦晋之好，郁郁而死，后被盗墓者救活，径往茶店相会，结果坠楼复死，其追求爱情生活的热烈执著，读之感人肺腑。《夷坚志》所载录的丰富小说故事，为宋代说话人必习之书籍。对此，《醉翁谈录》之《小说开篇》做出生动描述："幼习《太平广记》，长攻历代史书；烟粉奇传，素蕴胸次之间；风月须知，只在唇吻之上。《夷坚志》无有不览，《琇莹集》所载皆通。"

宋人传奇作品被编入小说集里最为丰富者，当以刘斧《青琐高议》和李献民《云斋广录》为著，前者约四五十篇，后者为十三篇。题材集中在爱情和女性生活上，其中不乏人狐、人鬼、人仙相恋的描写，多有袭模仿唐人传奇之嫌，成就不高。《云斋广录》除《盈盈传》外，都为李献民自撰，讲究藻思文采。《盈盈传》原为王山撰，选自《笔奁录》，写吴妓盈盈，能歌善舞，学词于王山，后死而复遇，词情缠绵，情节奇幻，颇能感人。传奇作品中的女主人公多为妓女，类如盈盈者尚有《王幼玉记》、《任社娘传》、《谭意歌》、《苏小卿》等，或写其才，或叙其智，或抒其情，但均未脱唐人窠臼，是故鲁迅在《中国小说史略》里做出中肯批评："宋一代文人之为志怪，既平实而乏文采，其传奇，又多托往事而避近闻，拟古且远不逮，更无独创之可言矣。"

五 《三国演义》与历史小说

　　《三国演义》是我国最早的章回体小说。章回小说由宋元讲史话本发展而来。因每个朝代的历史故事很长，一次只能讲一个段落，每一个段落用一个题目概括，这便成为后来小说的回目。话本皆以第三人称方式叙述，常用"话说"、"欲知后事如何，且听下回分解"作为开始与结束用语，这些都被章回小说袭用保存下来。约在元末，文人对话本进行整理、加工与创造，开始变说话底本为阅读的作品，《三国志通俗演义》就是其中的第一部。它共分240节，每节有单句回目，如"刘玄德斩寇立功"等。

　　三国故事在流传前，有晋代史家陈寿作《三国志》，南朝宋裴松之作《三国志注》，这些记载为小说创作提供了历史素材，至唐宋时，已从历史记载进入人民口头创作阶段。唐李商隐《骄儿诗》形容儿童喜欢三国故事，"或谑张飞胡，或笑邓艾吃"。杜牧《赤壁诗》有"东风不与周郎便，铜雀春深锁二乔"之句。说明与正史不同的赤壁之战故事在这时已具雏形。宋代三国故事已成为说话的重要题材，孟元老《东京梦华录》记载了北宋时有专门说"三分"的艺人霍四究。《东坡志林》曾述及说三国故事的有关情况:"王彭尝云:'涂巷中小儿薄劣,其家所厌苦,辄与钱,令聚坐听说古话。至说三国事,闻刘玄德败,频蹙眉,有出涕者;闻曹操败,即喜唱快'。"可见这时民间艺人说三国故事已极为盛行,有强烈的吸引力和感染力,并显示出了"尊刘贬曹"的倾向。金元时,三国故事被搬上舞台。据统计,当时搬演的剧目有《三战吕布》、《赤壁鏖战》、《单刀会》等院本与杂剧三四十种。在书会才人与演员的创造下,三国故事更加丰富多彩,引人入胜。

三国故事讲史话本留下两种。一是元至治年间(1321~1323年)新安虞氏刊印的《三国志平话》,全书约八万字,分上中下三卷。开端叙司马仲相断刘邦、吕后屈斩韩信、英布、彭越一案,命他们投生为刘备、曹操、孙权三人,三分汉室天下以报宿仇。接叙黄巾起义、桃园结义,以后故事轮廓与《三国演义》大体相同。第二是近年在日本天理图书馆发现的《至元新刊全相三分事略》,它在扉页上又标明"甲午新刊",当为元世祖前至元三十一年(1294年),它与《三国志平话》内容大体相同,但更简略粗糙,不过,它比《三国志平话》早刻约30年。

元代末年,罗贯中以《三国志平话》为蓝本之一,对它进行全部改写,删除司马仲相断狱,并以《三国志》为历史依据,选用了《三国志注》中大量生动的材料,广泛吸取人民口头创作与戏曲的创造,写成了

《三国演义》这部具有高度思想和艺术成就的历史小说，这是民间创作和文人创作相结合的伟大结晶。明代高儒在《百川书志》中总结其创作成就说："据正史，采小说，证文词，通好尚，非俗非虚，易观易入……陈叙百年，该括万事。"

现存最早版本为明嘉靖刻本《三国志通俗演义》，标明：晋平阳侯陈寿史传，后学罗贯中编次。罗贯中生平资料留存很少，现在能够看到的，仅知他姓罗，名本，字贯中，号湖海散人，约生活于 1310～1380 年。祖籍为山西太原，长期生活在浙江杭州。他性格孤傲，不喜交往，与人寡合。他曾参加过元末农民大起义，在当时起义领袖之一张士诚手下出谋划策，颇具雄才大略。后来张士诚兵败，朱元璋扫灭群雄，建立明朝。他结束了政治生涯，隐居不出，专心致力于文学创作。罗贯中一生著述甚丰，除《三国志通俗演义》外，尚有《隋唐志传》、《残唐五代史演义》、《三遂平妖传》等长篇小说，还有《宋太祖龙虎风云会》、《忠正孝子连环谏》、《三平章死哭蜚虎子》杂剧三种。不过，影响最大、成就最高的当推《三国演义》。《三国志通俗演义》刊行后，明代有多种刻本。清康熙时毛宗岗对它进行了改订，如正史实，改回目，增删诗文，修改文辞，并加了批语。于是毛本《三国演义》成为影响最大的版本，流传至今。

《三国演义》以三国时期魏、蜀、吴三个政治集团之间的斗争和兴衰为立线，描写了从东汉末到西晋初百年左右的历史演变。《三国演义》一百三十回，近八十万言，内容十分丰富。它的主题究竟是什么，众说纷纭，有正统说、忠义说、拥刘反曹反映人民愿望说，还有悲剧说、仁政说、贤才说、分合说等。所谓主题是作品通过塑造艺术形象所显示出来的贯穿于整部作品的基本思想。就此，我们认为《三国演义》的主题当是：通过汉末三国时期尖锐、复杂、激烈斗争的描写，揭露了封建时代政治腐败、国家分裂、社会动乱给人民造成的苦难，鞭挞了昏聩荒淫、残暴不仁的昏君奸臣，歌颂了致力于国家统一的仁德明主和忠义贤臣，从而揭示了三国兴亡的历史经验教训，谱写了一曲英雄主义的颂歌。当然，在这一主题的统率之下，作品所描绘的不同政治、军事斗争场面也都显示出一定的思想，构成《三国演义》丰富深邃的思想内涵。其重点可概括为如下几点。

（1）宣扬拥刘反曹的倾向，既反映了封建正统观念的影响，更表达了仁政爱民的思想。如写曹操许田射鹿等故事，表现出贬曹的思想；写刘备自立汉中王，曹丕称帝一回，回目标明："曹丕废帝篡炎刘，汉中正位续大流。"描写刘备接位"两川军民，无不欢跃"；而写曹丕登帝座，则"飞砂走石，丕惊倒台上"。这明显地表现出帝蜀冠魏的倾向。《三国演义》的拥刘反曹，除了受封建正统观念的影响，更主要的是出于仁政爱民的思想。《三国演义》以曹操与刘备作为残暴与仁爱的两种典型加以鞭挞与歌颂。用刘备的话来说："曹以暴，吾以仁；操以谲，吾以诚。"小说写曹操杀董承全家与董贵妃，竟不顾董妃腹中婴儿；杀伏完全家与伏皇后，并杀死献帝与伏后所生二子。其父路过徐州时被护送者劫杀，他便野蛮地要屠杀徐州全城百姓，"曹军所到之处，杀戮人民，发掘坟墓"。而刘备则处处以仁义待人，以"使人杀其母而用其子，不仁也"，而放徐庶归曹操，治理新野，政治一新，人民作歌谣赞美他："新野牧，刘皇叔，自到此，民丰足"；他败退江陵，不顾敌军铁骑追击，与十万民众相伴而行，"携民过江"，深得民心。正因作者偏离历史，极力渲染曹操的凶残暴虐、刘备的仁德爱民，所以《三国演义》的拥刘反曹就表达了反暴虐求仁政的理想，说明"天下唯有德者居之"。这跟当时广大人民的理想和愿望是相通的。

（2）批判自私奸诈，赞扬忠心义气。《三国演义》开篇就浓墨重彩描写了桃园结义故事，强调了刘、关、张同生共死，誓不相背的异姓骨肉情义，而且将它贯穿于整个故事中。如写关羽，徐州兵败，暂时降曹，有屯土三约。一旦知刘备下落，他便立即挂印封金，过五关斩六将，投奔刘备。关羽死后，刘备、张飞因急于报仇而身遭不测，表现了誓同生死的义气。作品写曹操则突出与义相反的自私、奸诈。他误杀了吕伯奢全家后，又故杀吕伯奢本人，并大言不惭地宣布自己奉行的利己主义哲学："宁教我负天下人，休教天下人负我。"荀彧、荀攸叔侄，为他出谋划策，多有建树，一旦反对他加九锡、封王，他便立即加以杀害。作品还写了曹操的虚伪奸诈、欺世盗名：一面破袁绍逼其身亡，一面到坟上哭祭；为怕别人行刺，故杀卫士，诈称梦中杀人，哭而厚葬。他逼汉献帝封自己为魏王，但受封时又上表三辞等。作者通过对两种不同人物品质的褒贬，表现了对义气的赞扬，对自私、奸诈的谴责。《三国演义》还赞扬了"忠"这一道德观念。诸葛亮为报刘备知遇之恩，为蜀汉事业殚精竭虑，耗尽了毕生的精力，真可谓"鞠躬尽瘁，死而后已"。在描写郭嘉遗计定辽东、黄盖苦肉计、姜维九伐中原等故事时，同样赞扬了对事业耿耿忠心、奋不顾身的精神。小说宣扬的忠义思想，虽有时代和阶级的局限性，但与当时人民的道德观念也是基本相通的。

（3）总结古代政治军事斗争经验，讴歌人们智慧才能，强调了珍惜人才的重要。《三国演义》描写了政治、军事、外交斗争，具有总结历史经验与智慧才能的意义。曹操的战略是"挟天子以令诸侯"，高举统一旗帜，取得政治主动权，基本上统一了北方。刘备实行"联吴抗曹"的战略，取得了赤壁之战的胜利，而违背这个方针，就失掉荆州，火烧连营，以致白帝城托孤，一败涂地。《三国演义》写战争重在写战争中的各种计谋。在赤壁之战中，周瑜两度愚弄蒋干，并利用蒋干使性格多疑的曹操中计，杀了水军头领，为东吴除了心腹大患。官渡之战，曹操在和袁绍军力悬殊十倍的条件下，采纳许攸之计，劫烧乌巢军粮，使袁绍全军震动，终于打垮袁绍，取得胜利。诸葛亮形象更是智慧和才能的化身。他未出隆中，就对天下大事了如指掌；初见刘备，就提出了据蜀、联吴、抗魏的战略思想。火烧博望坡打退曹军进攻，奠定了他的威信。以后更用各种计谋出奇制胜，帮助刘备建立蜀汉霸业。他不是像"腐儒"那样"寻章摘句"，而是精通孙子兵法、审时度势，洞察天下形势，了解各将帅特点，熟悉天下地理，善于发明创造新式武器，综合运用一切有利条件，灵活制订战略战术，运筹帷幄，克敌制胜，并且能以少胜多，转危为安。《三国演义》十分明确地提出了重视人才问题。刘备未遇诸葛亮之前，连吃败仗，四处逃窜，无立身之地。待他三顾茅庐，终于请得诸葛亮出山，事业顿生转机，开创了三分天下的局面。袁绍的官渡之败，一个重要原因就在于不能重用人才。他不听田丰意见，贸然发动战争，又不采纳沮授建议坚守不出，连吃败仗，挫动锐气；又逼走许攸，迫使张郃、高览两员虎将降曹，致使众叛亲离，大败身亡。

（4）《三国演义》还真实地反映了东汉末年政治的腐朽、社会的黑暗、人民生活的痛苦；通过三国归晋的结局，表达了人民反对战争割据、要求统一的思想。东汉末年，社会动乱，根由在于桓、灵二帝，崇信宦官，禁锢善类，汉献帝又懦弱无能，十常侍作乱，人民困苦不堪，爆发了黄巾起义，军阀混战，致使生灵涂炭，国势衰微。因而作品竭力歌颂有仁德行仁政的皇帝。刘备进西川，秋毫无犯，百姓香花灯烛，迎门而接。作者还是在刘备身上寄托着人民要求安居乐业的理想。

当然，《三国演义》的思想内容也有时代与阶级的局限。它所宣扬的忠，就是要求臣子对君的愚忠。诸葛亮听到刘备托孤时说刘禅不可辅则"可取而代之"的话，吓得汗流浃背。伐魏时，刘禅无故令他班师，诸葛亮明知佞臣进谗，为了"不欺主"，仍然无功还师，使北伐大业功亏一篑。小说中的"义"也有超越政治原则，有害统一大业的一面。华容道关羽"义释曹操"，所谓"义重如山"，实则是认敌为友，把个人恩怨放在整体利益之上。同样，关羽被害后，刘备、张飞急于起兵伐吴，连诸葛亮、赵云等心腹大臣都无法劝阻，结果遭到惨败，葬送了蜀汉事业，说明这种舍大义而取小义的行为危害不浅。作者还从封建立场出发，诬蔑黄巾起义军是"劫掠良民"的"盗贼"；写刘备跃马过檀溪等，含有宿命论思想；卷首卷末概括历史发展的"天下大势，分久必合，合久必分"，表现出历史循环论。

《三国演义》有很高的艺术成就，为后来长篇历史小说的创作提供了不少成功的经验。

首先，《三国演义》塑造了一系列鲜明生动、熠熠生辉的人物形象。作者在塑造人物形象上的成功，得力于以下手法的运用。

（1）历史真实与艺术真实的统一。《三国演义》所刻画的人物大都为历史实有，但作者没有拘泥于史实，而是依据自己的生活体验，进行艺术的想象和虚构，作了大量的艺术加工和创造，使其笔下的许多人物既有鲜明的个性，又大致符合历史的真实。如关羽形象，《蜀志·张飞传》说："羽、飞，万人之敌也。"作者据此写了关羽的神勇，吸取民间创作，虚构了他

"温酒斩华雄"的情节。将平话中诛文丑的刘备改动为关羽。《蜀志·关羽传》记述了关羽降曹后,曹操"礼之甚厚",关羽立功以报曹操,"尽封所赐"。"拜书告辞而奔走先立于袁绍军"。作者据此虚构了"屯土关三约""关云长挂印封金",并吸收平话成果,增写了"五关斩将"、"千里走单骑"等情节,使关羽"讲义气"、"重然诺"的性格跃然纸上,栩栩如生。其他人物如诸葛亮、张飞、孙权等,作者也都在一定史料基础上加工制作,使之血肉丰满,几令人呼之欲出。

(2)写出了人物的复杂性,突出其性格的主要特征。作者刻画人物,往往通过不同故事情节,反复渲染人物的主要性格特征。如张飞疾恶如仇、粗豪爽直的性格,就是通过怒鞭督邮、古城会拒关羽以及责问刘备迟不发兵与关羽报仇等情节表现出来,但作者也注意写出人物的复杂性。张飞虽粗豪,却有从善如流的一面。他初见孔明作军师并不服气,待打了胜仗立刻下马拜伏;初到来阳县见庞统怠职,他勃然大怒,等看了庞统判案,立刻大为称赞,这就使张飞"快人"的性格令人喜爱。同样,诸葛亮的贤能、关羽的义勇、曹操的奸诈,也都经过反复强调,多次渲染,给人留下难以磨灭的印象。而且,作者也认识到"人无完人,金无足赤",注意多侧面地表现人物性格的丰富性。如关羽,作者着力歌颂他英勇无敌的本领、气吞山河的气概,但也写了他骄傲自大、刚愎自用、轻视甚至侮辱自己战友等个人英雄主义的缺点。正是这些品德缺陷,导致了他悲剧的下场。曹操也是这样,作品一方面写了他的奸诈、自私、残暴的性格；一方面也写了他的优点：雄才大略、胆量过人，谙熟韬略、善于用兵，常能出奇制胜、以弱胜强。他还十分珍惜人才，并能知人善用。官渡之战中，听说许攸来降，"操大喜，不及穿履，跣足出迎之"，对许攸烧乌巢的建议深信不疑，亲自率军奇袭乌巢；张郃、高览来降，立即用为先锋，追击袁军，取得胜利，从而使曹操形象具有追魂摄魄的魅力。

（3）小说还善于使用烘托对比的方法，使人物形象鲜明突出，取得比单纯描写更好的效果。如写诸葛亮出场，先写水镜先生之言："伏龙凤雏，两人得一，可安天下"，后写徐庶"走马荐诸葛"，赞扬孔明之才为管乐所不及，盖天下第一人也。最后通过三顾茅庐，先后遇到崔州平、石广元、孟公威、诸葛均、黄承彦等，烘托渲染孔明的才能、志向。所以诸葛亮尚未出场，读者心目中已留下深刻的印象。在写三顾茅庐时，作品又巧妙地运用对比方法，通过关张二人不愿前往、不愿久等的急躁不满情绪烘托出刘备的求贤若渴，反衬出诸葛亮人才难得，造成一种先声夺人之势。再如写关羽温酒斩华雄，目的是写关羽的英勇，然而作品却实写华雄英勇，写他连斩四员大将，使众诸侯大惊失色，无人敢再应战，而关羽如何勇敢地战胜华雄，却只有几笔虚写："众诸侯听到寨外鼓声大震，喊声大举，如天摧地塌，岳撼山崩。众皆失色，却欲探听，鸾铃响处，马到中军，云长提华雄之头，掷于地。"作品虽未实写关羽大战华雄之场面，但由于前面的铺垫渲染，关羽英勇无敌的形象也就十分光彩照人。

此外，《三国演义》还使用艺术夸张手法、借助遗闻轶事的穿插进一步刻画人物。如写张飞虎威，长坂桥上一声吼，竟使敌阵中夏侯杰"肝胆碎裂，倒撞于马下"，曹军皆往西逃奔，"一时弃枪落盔者，不计其数"。写曹操破黄巾军出场时，插入他幼时称中风骗叔父的小故事，以表现他从小就生性奸诈。

总之，《三国演义》刻画人物的艺术手法多种多样，令人叫绝。正是由于这许多艺术手法炉火纯青的运用，才使人物性格活现纸上，如跃眼前。数百年来，曹操的奸、诸葛亮的智、关羽的义、张飞的猛，家喻户晓，老幼皆知，显然得力于《三国演义》高超的人物刻画技巧。当然，毋庸讳言，《三国演义》的人物描写也有缺陷。人物性格缺少发展，曹操的奸是生来就奸，而且一奸到底。人物性格的形成缺少依据。同时，夸张手法的运用，有时不免过分，诚如鲁迅所说："尽显刘备之长厚而实伪，状诸葛之多智而近妖。"

其次，《三国演义》的战争描写极具特色。作者总是以人物为中心，写出战争的各个方面，双方的战略、战术，力量的对比，地位的转化，揭示出战争胜负的决定因素。

《三国演义》写了大小四十多场战争，可贵的是，每次战争都各具自己独特的风采而绝不雷同，官渡之战、赤壁之战、彝陵之战都是以少胜多，以劣势对优势的重大战役。但作者却写得千姿百态，有声有色。官渡之战，曹操的兵力远远弱于袁绍，作者就突出曹操如何善用计谋，火烧袁军粮仓，出奇制胜。赤壁之战曹操大兵临江，东吴似乎难于自保，作者则着重描写刘备和孙权联合，诸葛亮巧借东风，火烧曹军战船，终于使曹军一败涂地。彝陵之战，蜀军远征讨伐，吴军兵少力弱，作者着重表现吴军如何采用"以逸待劳"方针，坚守不出，最后集中优势兵力，火烧连营，战而胜之。三次大战，三把大火，然而烧的对象和方法各不相同，前者烧粮仓，中者烧战船，后者烧兵营。写得波浪壮阔，各具特色。

《三国演义》写战争再一个特点，就是把斗智与斗勇结合起来，突出统帅部的运筹帷幄，揭示战争胜败的原因。著名的赤壁之战共写了八回，但真正写交战的不足一回，其他七回着重写双方的斗智。作者紧紧抓住曹军不善水战这个线索，写出孙刘联军如何利用自己的长处和敌人的弱点，变劣势为优势。周瑜利用蒋干行反间计，除掉了深谙水战的蔡瑁、张允；庞统献连环计，貌似为不善水战的曹军排忧解难，而实际为孙、刘联军的火攻巧作安排；黄盖献苦肉计，使在隔江水战的困难情况下，有了火攻的条件。决战前夜，作者又写了周瑜的谨慎周密与曹操的骄横大意。这样一步步写来，曹军的失败就成为必然，令人可信。同时，在激烈的大战中，作者还忙里偷闲地写了孔明饮酒借箭，庞统挑灯夜读，曹操横槊赋诗的悠闲插曲，使作品张弛有度，更具情趣。《三国演义》还写了具体战斗的千姿百态：既有火攻，又有水淹；既有设伏劫营，又有围城打援；既有战船交战，还有徒手搏斗，都写得绘声绘色。

最后,《三国演义》的语言也是值得称道的。它吸收了传记文学的语言成就,加以适当的通俗化,做到"文不甚深,言不甚俗",简洁明快而又形象生动。叙述描写,虽以粗笔勾勒见长,但也有一些片断描写,细腻传神。当诸葛亮自知病体不起,为稳定军心,作最后一次军营巡视时,作品写道:"孔明强支病体,令左右扶上小车,出寨遍观各营,自觉秋风吹面,彻骨生寒,乃长叹曰:'再不能临阵讨贼矣!'悠悠苍天,曷此其极!"多么震撼人心的悲剧场面,寥寥数语,写尽了英雄豪气。而且《三国演义》语言活泼,不落俗套。诸葛亮舌战群儒,作品写群儒理屈辞穷,并有多样写法:"并无一言回答"、"默默无语"、"满面羞惭"、"不能对答"、"语塞"、"低头丧气而不钩对",语言灵活多变。人物对话,更富个性特点。张飞的话,多半快人快语,一针见血;曹操的话,半豪爽之中又暗含机诈,变化莫测;关羽的话,往往心高气盛,目中无人;孔明的话,则往往从容不迫,应对自如。语言运用上的唯一不足,在于比之后来的一些小说,尚未能做到充分的口语化。不过,其半文半白,由文言向白话过渡,却功不可没。

《三国演义》是中国人民最爱看的古典小说之一。人们阅读它,不仅能得到高度的艺术享受,还可获得各方面的无穷智慧和丰富知识。许多农民起义"攻城略地,伏隘设防",皆以《三国演义》为兵书战略。其桃园结义,对于人民团结斗争也有广泛意义,这种杀乌牛白马结拜异姓兄弟同生共死的行动，对人民团结起来投入报国安民的斗争有鼓舞作用，很多起义者也都以这种结义方式建立秘密组织，反抗封建压迫。如"小刀会"、"黑旗军"等。当然，也有统治者利用忠义思想愚弄百姓，这是消极的一面。

《三国演义》在文学史上具有深远影响。其历史小说的创作方法，人物塑造上的成功经验，对后代历史小说、英雄传奇的创作更具有借鉴作用。《三国演义》问世后，历史演义小说大量兴起，二十四史几乎全被写成演义，它对普及历史知识起了很大作用。

明中叶后受其影响而出现的历史演义作品，主要有《西汉通俗演义》、《东汉通俗演义》、《东西晋演义》、《南北两宋志传》等，以《列国志传》影响最大。

《列国志传》为福建建阳人余邵鱼编撰，刊于嘉靖、隆庆间，冯梦龙又把余邵鱼的《列国志传》改编成《新列国志》，全书由二十八万字扩展到一百零八回、七十余万字。砍掉了从武王伐纣到西周衰亡这段历史，集中写春秋、战国时代，成为东周列国的历史演义。清乾隆年间，秣陵蔡元放（名昪，别号七都梦夫，野云主人）把《新列国志》略作删改润色，再加了一些夹注评语，易名《东周列国志》，共二十三卷，一百零八回，成为最流行的本子。作品文字朴素明白，部分情节写得很生动，如"伍子胥微服过韶关"，"西门豹乔送河伯妇"等。作者在描写历史事件中，熔铸了自己的政治理想和爱憎情感，对贤明君主选贤任能，改革政治，给予热情歌颂，同时也无情鞭笞了统治者残害人民的暴政，如卫灵公弹击百姓，肢解膳夫；楚灵王杀三兄即位，卫懿公为鹤亡国等；同时，还赞美了舍己为人，抗暴除强的侠义精神，如"信陵君窃符救赵"，"蔺相如两屈秦王"等。作品也存在一些宣扬封建道德的内容，如楚申亥杀女以殉暴君楚灵王等。作者还写了许多出色的战例，如秦晋淆之战，晋楚城濮之战等。艺术上，作者在忠于史实的前提下，增添细节描写，进行文字润色，使作品有一定可读性。但从总体看，全书拘泥史实，艺术形象不够生动，头绪繁多，结构不够严谨，文学性不足。

甄伟的《西汉演义》也较有影响。作品写秦始皇至汉惠帝时历史，突出楚汉纷争。其中写刘邦任贤用士、政简刑宽、深得民心；项羽高傲自大，又杀戮百姓，终于败亡。这对总结历史成败教训，具有一定意义。

历史演义在清代也有不少创作，较有名的有褚人获据《隋史遗文》、《隋唐志传》、《隋炀帝艳史》等书加工改写成《隋唐演义》，共一百回。重点写隋炀帝、唐明皇及草泽英雄的故事。它将唐明皇、杨贵妃写成隋炀帝、朱贵儿的再世姻缘，宣扬了迷信的轮回思想，此外有美化隋炀帝及把唐朝中衰归罪"女祸"的缺陷；但写秦琼、单雄信、程咬金等英雄生动可爱，相当成功。

无名氏的《说唐演义全传》是清代历史演义中另一部较好的作品。它与以往"说唐"小说不同，融合了正史的传说，以瓦岗寨好汉的聚合为中心，对秦琼、程咬金、单雄信、尉迟恭等草莽英雄刻画极为生动，充满浪漫主义传奇色彩。它表现了由历史演义向英雄传奇转化的特点。其主要缺陷是美化"真命天子"，把对李世民的态度作为评判一切英雄成败、优劣的唯一标准，实际上为统治阶级篡夺农民起义的胜利果实作辩护。

其他历史演义小说尚有《说唐后传》、《说唐三传》、《反唐演义》等。这些作品大都突出忠奸斗争，在思想上宣扬功名富贵，艺术上因袭模仿，逐渐失去历史小说的艺术生命力。

六 《水浒传》与英雄
传奇小说

　　《水浒传》与《三国演义》一样，也是经民间集体创作最后由作家改定而成。不同的是，它主要不是根据历史事实，而是出于民间的传说和作家的虚构。就历史素材说，北宋徽宗宣和年间，宋江等36人为首的农民起义在史书上只有很少一点记载。如《宋史·徽宗本纪》云："淮南盗宋江等犯淮阳军，遣将讨捕，又犯东京、河北，入楚海州界，命知州张叔夜招降之。"《宋史·张叔夜传》说："宋江起河朔，转略十郡，官兵莫敢撄其锋。"《东都事略·侯蒙传》说："宋江□东京，蒙上书，言：'江以三十六人横引齐魏，官军数万莫敢抗者，其才必过人。今青溪盗起，不若赦江，使讨方腊以自赎。"等。关于起义军的结局，记载不一，有说投降后征方腊的，有说投降后被杀的。

　　北宋末年起，有关他们的故事就不断流传。据南宋罗烨《醉翁谈录》记载，当时已有说杨志、孙立、鲁智深、武松等人故事的，但尚未被连缀起来。南宋时水浒故事广为流传，与外敌凭陵，人民"转思草泽"

有关。元初，龚开作《宋江三十六人画赞并序》说：
"宋江事见于街谈巷语，不足采著。虽有高如李嵩辈传
写，士大夫亦不见黜。"说明水浒故事由口头流传引起
文人的兴趣，当时已有三十六人姓名及绰号。与此同
时，话本也已出现，宋末元初的讲史话本《大宋宣和
遗事》，共收宣和间故事六七种，其中第四个就是梁山
泊聚义故事。它包括杨志卖刀，孙立救杨志太行山落
草，智取生辰纲，私放晁盖，宋江杀惜，玄女庙得天
书上梁山，东岳庙烧香还愿，张叔夜招降，宋江受招
安，征方腊有功，封为节度使等情节，它是现传最早
涉及梁山故事的话本。值得注意的是，它将过去不相
连的人物故事串在一起，有一个从个别汇合为集体起
义的概貌，并以梁山为根据地。这些对《水浒传》的
创作有相当影响。

稍后，元代剧作家根据民间流传的梁山故事创作
了三十多种《水浒》杂剧，其中以李逵、燕青、武松
为主角的最多。它们不但描写了水浒英雄们除奸反霸，
而且出现了"替天行道"的纲领，起义将领已由36人
发展为108人。据何为《水浒研究》，在32种水浒剧
中有13种是被《水浒传》采用的，可惜原剧本大都不
存，《元曲选》只保存了《黑旋风双献功》等6种，
其中只有《李逵负荆》1种为小说采用。

到了元末，因为元蒙统治极为黑暗，农民起义不
断发生，人民格外追念前代起义英雄与报国志士，于
是杰出的作家便在话本、戏曲及其他民间创作的基础
上进行了长篇小说《水浒传》的创作。

作者选择与保留了许多优秀的民间创作，并对之进行了加工、改造，如保留了"智取生辰纲"、"私放晁盖"、"宋江杀惜"、"李逵负荆"等，并通过艺术加工、改造，使这些人物更加丰满生动，故事更为完整复杂；又把零碎的故事连接成百回长篇，表现出起义的发生、发展以及接受招安、参加征辽、征方腊、最后被害的全过程。

《水浒传》的作者，历来有争议，或曰罗贯中，或曰施耐庵，也有说施耐庵作罗贯中续的。较早述及《水浒传》的郎瑛的《七修类稿》、高儒的《百川书志》皆曰"钱塘施耐庵的本"，故学术界多认施耐庵为作者。

施耐庵生平资料很少，从一些零星材料中知道，他生活于 1296～1371 年间，亲自经历过元末农民大起义，还可能与张士诚部将有来往。

《水浒传》施耐庵祖本已不存，后来的刻本有繁本与简本之别。从情节看，又有非全本（仅有"征辽"、"征方腊"）与全本（"有征四寇"）的差别。繁本保存"游词余韵"，大多无田、王故事。今能见到的最早刻本为嘉靖郭武定本（残存五回）无征田虎、王庆故事（有万历翻刻的天都外臣序本、容与堂李卓吾评本）。明末袁无崖刊刻的杨定见序一百二十回本，增加了征田虎、王庆故事，成为繁本中的全本。明崇祯十四年有金圣叹七十回本，将首回改为楔子，删改七十一回为"惊噩梦"，对文辞作了润色，成为三百多年来流传最广的通行繁本。

《水浒传》是我国第一部反映农民起义的长篇小说。作品在描写起义的过程中，有对贪官污吏的鞭挞，有对封建统治的揭露，更有对反抗英雄的歌颂，对起义队伍的赞美，并反映了农民平均主义的理想。其具体内容有下列几个方面。

（1）揭露贪官污吏、地主恶霸的罪行，揭示农民起义的社会根源及其发生发展的必然性。

作品一开始就描写了以高俅为首的贪官鱼肉乡民的罪行，表明"乱自上作"、"官逼民反"。正是高俅的迫害，使王进亡命延安府，林冲刺配沧州道，杨志流落汴京城，特别是林冲的被逼上梁山很具代表性。先是高俅的儿子两次调戏林冲之妻，接着高俅设"宝刀计"陷害林冲，买通公差谋害林冲不成，又火烧草料场要害死林冲。林冲虽一再忍辱退让，但终于走投无路，不得不手刃陆谦反上梁山。此外，作品又写了众多英雄皆被"逼上梁山"：鲁智深因被高俅捉拿，反上二龙山；武松受张都监陷害，也反上二龙山；解珍、解宝被毛太公关进监狱，得孙立、孙新、顾大嫂救护，反上梁山；阮氏三兄弟因受官府剥削，衣食不全，参加智取生辰纲活动，与晁盖等反上梁山等。

作品还广泛描写了遍于各地的贪官恶霸，如高俅之弟高唐州知州高廉，高廉的妻弟、仗势欺人的殷天锡，蔡京之婿、搜刮民脂民膏的能手大名府的梁中书，贪酷害民强占良家女子的华州贺太守，强占弱女勒逼钱财的郑屠户，诱骗妇女、谋害武大的恶棍西门庆，还有欺压良民剥削庄户的祝家庄，曾头市庄主等。他们的为非作歹、横行霸道，弄得整个社会暗无天日，民不聊生，广大人民正是因为不堪忍受他们的压迫，才走上反抗道路。

《水浒传》还成功地表现出由个人反抗到集体起义的过程。林冲、杨志、武松等是个人反抗，晁盖等七人为小股上梁山，白龙庙是二十九人的集体聚义。梁山以外的二龙山、清风山、对影山等归并梁山大寨，则是由部分汇入整体。从武装斗争规模说，先有晁盖等人的拒捕、杀败何涛、花荣、黄信、秦明等抵御慕容知府，逐渐发展为江州劫法场，智取无为军，最后到梁山大队人马攻州夺县，两赢童贯、三败高俅。总之，作品展示出起义队伍由小到大，团结起来，走有组织、有领导的集体武装斗争的道路，反映了农民起义发生发展的必然规律。

（2）描写梁山义军受招安的悲剧结局，反映出农民起义的历史局限性。

《水浒传》在大聚义后，写了梁山队伍受招安而失败的结局。有人认为这是宣扬投降主义。其实，从历史唯物主义的观念来说，在中国封建社会中，"由于当时没有新的生产力和新的生产关系，没有新的阶级力量，没有先进的政党"，因而"农民革命总是陷入失败"①。接受招安而失败，也是其中的一种结局。而且《宋史·徽宗本纪》等史书与《宣和遗事》也都称宋江等最后受招安。可见，《水浒传》写受招安既符合历

---

① 毛泽东《中国革命和中国共产党》。

史唯物主义观点，也有相当的史实根据。

　　作品写起义军受招安，这与民族矛盾尖锐，人民反对侵略，"转思草泽"的时代背景有关。在水浒故事开始流传的一二百年中，民族矛盾一直比较尖锐，因此人们希望起义英雄为国立功。鲁迅曾指出："招安之说，乃是宋末到元初的思想，因为……一到外寇进来，官兵又不能抵抗的时候，人民因仇视外敌，便想用较甚于官兵的盗来抵抗他，所以盗又为当时所称道了。"①作品写宋江等人争取招安，常常流露出边庭为国杀敌立功的思想。宋江等在受招安后，首先去征辽，收回国土，以实现其人"平虏报国安民"的志愿。

　　《水浒传》还写了武松、林冲、鲁智深等人反招安的斗争；受招安后，又写他们屡次要返回梁山。宋江等主要领导人坚持走接受招安的道路，在征辽后，又镇压方腊起义队伍。遭到惨重伤亡，宋江等人却功成被害。这一悲剧结局既反映了统治阶级的阴险毒辣，又在客观上说明受招安绝不是农民起义军的出路，小说为人们提供了血的历史教训。

　　（3）塑造了众多具有反抗性格和侠义精神的英雄形象，歌颂了他们反霸爱民的本质与平均主义的理想。如作品重点描写的李逵，是梁山上最富于反抗性与革命性的英雄人物。他本是沂州百丈村贫苦农民，后来杀人外逃做了江州的牢子。蔡九知府迫害宋江，他便劫法场，大闹江州。攻打无为军后，宋江询问弟兄们

　　———————————

　　①　鲁迅《中国小说的历史变迁》。

是否愿上梁山，他跳起来叫道："都去，都去，但有不去的，吃我一鸟斧。"上梁山后，攻州打府他更是冲在前面，是令敌人闻风丧胆的"旋风"。李逵不仅勇于反抗，而且有夺取政权的要求。他踏上梁山后便提出："放着我们有许多军马，便造反怕怎地？晁盖哥哥便做了大皇帝，宋江哥哥便做了小皇帝……我们都做了将军，杀去东京，夺了鸟位，在那里快活，却不好？不强似这个鸟水泊里？"后来卢俊义上山时，李逵再次提出"杀去东京，夺取鸟位"。在招安问题上，李逵也多次表示坚决反对，在宋江表示招安的菊花会上，他"把桌子踢起，撅做粉碎"；在东京打了杨太尉，吓走了皇帝。朝廷派人至梁山招安，他又大骂钦差；全伙受招安后，又多次提出重返梁山；直到宋江让他吞下朝廷药酒，李逵还大呼："哥哥，反了吧！"只可惜他缺少文化和组织才能，无法担当领导的重任，而只能追随宋江走上没有希望的绝路。这正是农民革命局限性的反映。

鲁智深是作品塑造得颇为成功的又一英雄形象。他虽然出身于下级军官，但平生却疾恶如仇。一听说金氏父女受郑屠凌辱压迫，便挺身而出，一面送路费给金氏，让他们回东京，一面来教训郑屠。不料因义愤过度而失手，他三拳打死郑屠，因此而遭到通缉，虽被迫流浪江湖、无处安身也不改初衷；后来他又打了强娶民女的小霸王周通，杀死欺侮和尚、污辱妇女的崔道成；到东京他结识林冲，见林冲娘子被调戏，便要痛打高衙内。林冲遭官司，公人要谋害林冲，鲁智深一路保护，在野猪林救了林冲的性命，一直护送到沧州。他那"救人须救彻"的精神，恰似"一片热血喷出来，令人往往深愧虚生世上，不曾为人出力"①。上梁山后，他坚持起义事业，反对招安。

其他如武松、杨志、阮氏兄弟等都是作品中刻画得非常生动的英雄形象。作者一反过去封建统治者污蔑农民起义军杀人放火、残害百姓的谰言，从描写英雄个人"为民除害"到写梁山大军"替天行道"，都表现出梁山起义军反霸爱民的本质。写英雄个人的，如武松踢飞天蜈蚣王道人，救了张太公女儿；史进杀公差行刺华州贺太守，救王义女儿；李逵负荆请罪，杀死王江、董海，救出刘太公女儿等。写整个起义军维护人民利益行动的，如英雄大聚义时，宋江与众人宣誓"替天行道、保境安民"。他们下山时，"途次中若是客商车辆人马，任以经过；若上任官员，箱里搜出金银来时，全家不留。……若有钱粮广积害民的大户，便引人去公然搬取上山。……但打听得有欺压善良暴富小人，积攒得些家私，不论远近，令人便去尽数收拾上山。"每次行军打仗，绝不骚扰百姓，打开城池便周济贫民，打破祝家庄，农民每家分"粮米一石"。

《水浒传》也表现了农民起义军的平均主义思想，如阮小七上山前提出的，"论称分金银，异样穿锦绸，成瓮吃酒，大块吃肉。"排座次时，作品描写他们：

---

① 见金圣叹本第二回回批。

"八方共域，异性一家"，"帝子神孙"、"屠儿刽子"、"都一般儿哥弟称呼，不分贵贱"，"无间亲疏"。这些都表现了梁山起义军经济、政治方面朴素的平等思想。

《水浒传》毕竟出现在六百多年前，必然存在着时代与作家的阶级局限性。主要是否定方腊起义，表现出封建正统思想。作品虽描写梁山义军征方腊时，将领大都死伤，但并未从主观上直接否定招安的道路，对于不受招安并称王称帝的方腊起义则全力诋毁；描写方腊起义军残害人民，江南人民个个怨恨，并直接辱骂方腊是"草头天子"、"僭称帝号"，大逆不道。作者对"不假称王"的宋江全力肯定，因晁盖"托胆称王"，便使之"归天即早"。这些都充分表现出作者封建主义的正统立场。

《水浒传》的艺术成就十分高超。首先，它的人物形象塑造，比之《三国演义》大大前进了一步，在性格刻画方面有很大的发展。金圣叹赞扬它"叙一百八人，人有其性情，人有其气质，人有其形状，人有其声口。"现实主义要求表现"典型环境中的典型人物"。书中主要人物李逵、鲁智深、林冲等都符合这要求。如宋江是一个具有双重性格的悲剧性形象。作为起义军领袖，他仗义疏财，爱周济江湖好汉，不满现实，同情被压迫者，富于反抗性；但另一方面，他又有浓厚的封建伦理道德观念，一心忠于朝廷，孝于双亲，要为国立功，光宗耀祖。他的这种双重性格皆能在他生长、生活的环境中找到形成的依据。他的浓厚的忠孝观念、立功扬名思想，既是他出身地主阶级、"曾攻经史"的教养所决定，也与他"长成亦有权谋"的个人素质有关；他的仗义疏财，不满现实富于反抗的性格，既与他充任押司作刀笔小吏的职业有密切关系，也和他功名不就反被刺配的遭遇分不开。

"典型环境中的典型人物"的原则，还要求写出人物性格随着环境的变化而发展。《水浒传》写人物正具有这种特点，它与《三国演义》人物性格的定型化很不相同。如林冲由忍辱求全的软弱性格到成为一名梁山义军中坚定的反抗朝廷的英雄，正是环境逼迫使然。高俅一次次的迫害，使他认识到逆来顺受只有死路一条，"逼上梁山"，也正表明环境推动和决定了人物的发展。其他如写杨志、武松等走上反抗道路，也都反映出环境变化对人物性格发展所产生的作用。这与《三国演义》写曹操生来就是奸雄，写诸葛亮生来就是"智多星"，决然不同。

《水浒传》写人物有血有肉，性格丰富而鲜明。它已由《三国演义》的粗线条刻画发展为多方面的细致的描绘，在手法上，有了较大的丰富、提高。

用强烈的行动描写来展示人物性格，是《水浒传》写人物的重要方法之一。这一点与《三国演义》一脉相承。如：通过江州劫法场的动作描写，表现了李逵的强烈反抗性与鲁莽性格；通过三拳打死镇关西、大闹野猪林、血溅鸳鸯楼等动作描绘，展示出鲁智深的侠义性格与武松的复仇精神。

以简洁的心理描写表现人物的内在思想，是《水浒传》刻画人物性格的又一成功的手法。《水浒传》一改中国传统小说很少写心理活动的情况，为了交代人物行为的动机，作品时常结合行动作简洁的心理刻画，从而丰富了形象。如写宋江听到捉拿晁盖消息时，"吃了一惊，肚里寻思道，'晁盖是我心腹弟兄，他如今犯了弥天大罪，我不救他时，捕获将去，性命便休了！'"后来又写晁盖在梁山拒捕，宋江见了"防备梁山泊贼人"的公文，心内寻思道："晁盖等众人，不想做下这般大事……如此之罪，是灭九族的勾当。虽是被人逼迫，事非得已，于法度上却饶不得。倘有疏失，如之奈何？"这两段心理活动的描写，很好地表现了宋江既要仗义救人，又有忠君守法思想的复杂性格。

《水浒传》还十分注意运用细节描写，大大增强了人物的生动性和真实性。如写鲁智深醉打山门，以金刚为真人，"去金刚腿上便打"，又"将金刚从台基上撞倒下来，智深见了大笑"，生动地表现了醉中鲁智深藐视佛家戒律的粗豪性格。又如武松打虎，想拖死老虎下冈，但用"双手来提时，哪里提得动"。这个细节，生动地表现了武松全神贯注、全力以赴打虎，"使尽了气力，手脚都苏软了"的真实情景。《水浒传》中对人物性格的把握十分准确细致，十分传神地刻画了人物的同而不同之处。如鲁智深、武松和李逵都是粗鲁勇猛，而且也都粗中有细，但三者的粗中有细各不相同。鲁智深的粗中有细，显得成熟老练。他在失手打死镇关西后，不是惊慌失措，畏惧潜逃，而是"指着郑屠户道：'你诈死！洒家和你慢慢理会！'一头骂，一头大踏步去了"。这一以进为退的细节，活现出鲁智深成熟老练的性格。而武松的粗中有细，却是精明强干。他的哥哥被嫂子潘金莲伙同奸夫西门庆谋害后，他先到官府告状不成，便请了四邻舍并王婆和嫂子喝酒。众人入席后，他叫士兵把住前后门，要王婆和嫂子当众招出谋害武大的口供，由众邻作见证人，然后杀死潘金莲、西门庆，带着人证物证去衙门自首。如此行径，唯有精明强干的武松才做得出。而李逵的粗中有细，则表现为质朴憨厚。他初见宋江，戴宗要他拜见，李逵道："若真个是宋公明，我便下拜，若是闲人，我却拜甚鸟，节级哥哥，不要赚我拜了，作却笑我。"李逵的粗中有细，既不是出于老练，也不是出于精明，而是出于老实。

　　此外，《水浒传》刻画人物性格，还善于渲染气氛，运用对比手法等。由于使用多种方法多侧面地描写人物，故作品中的许多人物形象皆颇为生动、丰满。

　　其次，《水浒传》的故事情节既紧张曲折、引人入胜，又细密周详、令人信服。如武松打虎一节分三个段落：第一段写武松一连痛饮十八碗酒，店家说山上有虎，劝他待明日结伴而行，可武松不听店家劝告，连夜上山，待看到榜文，方知店家所说具实，但怕被店家耻笑，不愿回头而再上山。第二段写遇虎打虎。先写武松果然见到大虎，吓了一跳，酒醒了大半。举棒打虎，不料由于紧张过度棒打枯树而折断，索性丢开哨棒，赤手空拳打虎，终于将虎打死。最后一段写下山遇猎户。武松遇猎户穿着虎皮而疑为虎，大吃一惊，认为必死无疑，待知是猎户才大喜，然后由猎户扛虎下山。整个故事写得曲折有致，奇峰迭起。其中上山遇虎及打断哨棒，又以惊险、紧张而扣人心弦。通过这段精彩描写，突出武松醉后赤手空拳打虎的豪气与神勇。其他如"智取生辰纲"，"江州劫法场"在情节上都具有这一特点。

最后，《水浒传》作品的语言以口语为基础并加以提炼加工，富于表现力。与《三国演义》语言的半文半白不同，《水浒传》的语言全用北方口语、方言，故整个作品通俗易懂，对此后《西游记》、《金瓶梅》等小说的语言通俗化、口语化产生了积极影响。作者在遣词用语方面对口语进行提炼，使语言显得非常生动，富有表现力。如形容鲁智深拳打镇关西，第一拳打在鼻子上，"打得鼻血迸流，鼻子歪在半边，却便似开了个油酱铺，咸的、酸的、辣的，一发都滚了出来"；第二拳打在眼眶上，"打得眼棱缝裂，乌珠迸出，也似开了个彩帛铺，红的、黑的、绛的，都绽将出来"；第三拳"太阳穴上正着，却似做了水陆的道场，磬儿、钹儿、铙儿一齐响"。作品运用丰富的语汇，多种比喻，变视觉为味觉、听觉等，大大加强了形象的可感性与幽默感，读后令人忍俊不禁。

而且，《水浒传》的人物语言，"并无之乎者也等字，一样人便还他一样话。"富于个性化。如武松的语言豪气十足，鲁智深的语言粗直而有见地。李逵语言更是心直口快，性情活现。他一见宋江便问："这黑汉子是谁？"戴宗批评他："怎么粗鲁，全不识些体面。"他却说："我问大哥，怎地是粗鲁？"听戴宗说是宋江后又说:"莫不是山东及时雨黑宋江?"戴宗要他拜见,他又说:"若真个是宋公明我便下拜,若是闲人,我却拜甚鸟,节级哥哥,不要赚我拜了,作却笑我。"这话语把他那粗鲁、憨厚、率直的个性,刻画得传神入化。

《水浒传》艺术上不足之处主要是有些战争场面的描写落入程式化、概念化的模式,不如《三国演义》写得异彩纷呈,摇曳多姿,当然也有个别战例写得好的,如"三打祝家庄"等。

《水浒传》描写英雄们的反抗斗争历史,其人物、故事独具特色,成为英雄传奇小说的鼻祖。受其影响而创作的小说,在明代中后期陆续出现了描写隋唐五代、宋代抗辽故事的作品,如《唐书志传》、《大宋中兴通俗演义》、《隋史遗文》等,以《北宋志传》影响最大。

《北宋志传》作者熊大木,福建建阳人,为嘉靖书坊主人,曾作《全汉志传》等。《北宋志传》将以往有关杨家将故事的传说汇总于书内,为后来同题材作品的创作积累了材料,也使故事有了基本框架。而且其中很多片断写得比较精彩,如杨继业撞死李陵碑、杨六郎把守三关、孟良盗骨、穆桂英挂帅、十二寡妇征西等。小说热情歌颂了杨家将为保卫边疆、前赴后继、英勇杀敌的爱国精神,特别是比较突出地描绘了杨门女将佘太君、穆桂英、杨八姐、杨宣娘等女英雄形象,赞扬了巾帼不让须眉的才与德。这在中国古代小说中是不可多得的,但小说也渗透了不少忠君观念和迷信思想。

　　另一部有一定影响的作品为《隋史遗文》，传为戏剧家袁于令所作。以隋炀帝夺位至唐太宗称帝间的历史为线索，着重刻画了秦琼、程咬金、单雄信等一批乱世英雄，其中秦琼的形象尤为生动。作品历述他途救李渊、落魄卖马、发配幽州、投奔瓦岗寨及归唐等故事，突出他的豪侠仗义、忠于友情孝于老母的性格特点。其他如程咬金的粗鲁直率，单雄信的刚强不屈，也都写得十分生动。

　　英雄传奇的创作，在清代也取得了一定成就，最有影响的作品有《水浒后传》与《说岳全传》。

　　《水浒后传》作者陈忱（1613～1670？年），字遐心，号雁岩山樵，浙江乌程（今湖州）人。明亡之后，"以故国遗民，绝意仕进"，"卖卜自给"、"饥饿以终"。[①] 他曾参加顾炎武等举办的"惊隐诗社"，积极从事抗清活动。据"自序"中诗句"千秋万世恨无极，白发孤灯续旧篇"可见，《水浒后传》为作者晚年愤世之作。

　　《水浒后传》共四十四回，故事沿《水浒传》线索发展而来，重点写阮小七被迫杀张干办，走上反抗道路，李俊反抗渔霸巴山蛇，被迫再次造反，各地梁山好汉重聚义旗之下，进行反抗斗争的故事。值得注意的是，作者吸取水浒英雄接受招安走上悲剧道路的教训，不再把惩治贪官污吏的希望寄托在清官和最高统治者身上，而是直接让起义军处死蔡京、高俅、童

---

　　① 《乌程县志》。

贯等奸臣。此外，作品又描写了英雄们英勇抗击外来侵略，到海外开辟疆土，李俊做了暹罗国皇帝等故事。燕青在三十四回曾提出："天下者，天下人之天下，非一人之天下。贤者继世，多有杰起。尧舜之时，不传于子，而传于贤。"作品关于李俊在海外建立帝业的故事正体现了这一进步思想。

小说在艺术上的主要成就，是成功地塑造了阮小七与李俊形象。他们不但有勇有谋，而且有政治头脑，其性格较之前传有很大不同。其缺点主要是模仿有余而创作不足，在艺术上自然比前传逊色不少。

《说岳全传》共八十回，康雍间钱彩、金丰加工增订而成。钱彩，字锦之，浙江仁和（今杭州）人。金丰，字大有，福建永福（今永泰）人。岳飞故事于南宋时代已广泛流传。明代刊印的岳飞演义有熊大木所编《大宋中兴通俗演义》（又名《武穆王演义》等），又有华玉改订的《重订按鉴通俗演义精英传》及《岳王传演义》，水平都不高。《说岳全传》为"说岳"集大成之作，是清初民族矛盾尖锐的反映。

《说岳全传》的主要成就，是通过塑造岳飞、牛皋等英雄形象，歌颂了我中华民族为反抗外族入侵而不屈不挠的斗争精神。岳飞从小就遵母亲的教导，"精忠报国"，立下了"以身许国"的大志。他军纪严明，经常以爱国思想教育部下，尤为难能可贵的是，他团结了不少绿林弟兄，共同对付民族敌人。作者以写"水浒续集"自居，把岳家军里许多人物写成是水浒英雄的后代，如关铃是关胜之子，阮良是阮小二之子，韩起龙、韩起凤是韩涛之子。重视民间抗敌力量，这是该书的杰出创造。

但作者把岳飞的愚忠、愚孝当成他的美德加以歌颂，使岳飞的爱国主义涂上了浓烈的封建主义色彩，是很大的缺陷。

相比之下，书中牛皋的形象显得较为成功和可爱，在牛皋身上看不到封建思想的束缚，连神圣不可冒犯的皇帝，也被他骂成"瘟皇帝"、"昏君"。岳飞被害后，他仍坚持反抗外族侵略，终于在战场上生擒敌酋兀术，并骑在他的背上将他活活气死。这一形象体现了爱国主义与民主思想的统一，既要打击民族敌人，又要与本民族败类坚决斗争。

小说在艺术上处理虚实关系较好。如金丰在序中所说，它即非"事事皆虚"、"过于诞妄"，又非"事事忠实"、"失于平庸"，而是在吸取前人成果的基础上，既有史实依据，又有虚构的传奇色彩。但贯穿全书的因果报应思想使作品美中不足。

七 《西游记》与神魔小说

　　《西游记》是继《三国演义》和《水浒传》后出现的又一群众创作和文人创作相结合的伟大作品。

　　唐僧取经是历史上的真实事件。唐太宗贞观三年（629 年），僧人玄奘（本名陈祎）只身西行赴天竺国（印度）取经，历时 17 年，旅程五万余里，途经一百一十多个国家，取回经文 657 部（一千三百五十卷）。回国后，他奉旨口述沿途见闻，由弟子辩机辑录成《大唐西域记》，介绍西域各国的风土人情、宗教兴衰，令人大开眼界。玄奘死后，由门徒慧立等人撰《大唐大慈恩寺三藏法师传》，为神化玄奘以扩大佛教的影响，其中穿插了一些神话传说。

　　北宋文学家欧阳修在《于役志》中说，曾于扬州寿宁寺看到玄奘取经壁画。南宋诗人刘克庄有"取经烦猴行者"① 的诗句。1980 年，王静如介绍在甘肃安西榆林窟发现唐僧取经壁画。1990 年，敦煌研究院研究人员在甘肃安西榆林石窟和东千佛洞中，又发现西

---

　　① 刘克庄：《后村大全集》卷四十三，"四部丛刊"本。

夏时玄奘取经图三幅，内皆有民间虚构的猴行者形象和沙僧形象。这些发现证明，唐至五代以来唐僧取经已由民间虚构的佛教历史故事向民间传说转变。

唐僧取经故事随着时间的推移，远离历史而越来越神奇化，是在民间传说基础上，得力于说话艺人的加工创造。现存南宋时说话人的话本《大唐三藏取经诗话》分上中下三卷、共十七节（首节佚），一万六千余字。其中已出现猴行者（孙悟空的雏形）并成为故事主人公，还有深沙神（沙僧的原型），唯猪八戒尚未出现。猴行者是"花果山紫云洞八万四千铜头铁额猕猴王"，曾偷吃王母蟠桃，被罚往花果山紫云洞，后化作白衣秀才，助唐僧取经，沿途杀白虎精、入狮子国、降深沙神，最后"功德圆满"。全书故事虽然粗糙简单，但已脱离实录而成为艺术想象的产物，标志着唐僧取经由佛教历史故事向神话传说的过渡已经完成。

取经故事到元代已成为艺术创作的重要题材。据元代陶宗仪《辍耕录》记载，有金院本《唐三藏》等。钱南扬《宋元戏文辑佚》中有《陈光蕊江流和尚》（曲文中收养玄奘的长老叫迁安，与朱鼎臣本《西游记》小说相同）、吴昌龄的《鬼子母揭钵记》和《唐三藏西天取经》，可惜在清代已佚，但从记载下来的题目、正名和保存的残曲推测，其内容没有沿袭《大唐三藏取经诗话》，而是一种再创作。元代磁州窑的唐僧取经瓷枕（现存广东省博物馆）和元代唐僧取经归来图（在甘肃天水市甘谷县城南十公里华盖寺石窟南北壁上）上面已有唐僧、孙悟空、猪八戒和沙和尚师徒四人的取经形象。这时还出现了故事较为完整的《西游记平话》，虽残留宗教色彩，但已发展为神魔题材的话本小说。原话本已佚，从《永乐大典》第一千三百三十九卷中引用的"梦斩泾河龙"及朝鲜古代汉语教科书《朴通事谚解》所载"车迟国斗圣"这两节文字看，其描写已相当详尽生动，不同于《取经诗话》的粗略。再从《朴通事谚解》的八条注文看，孙悟空大闹天宫已成为完整的故事，并与取经故事联系在一起。现行《西游记》的许多重要情节，及唐僧、孙行者、沙和尚和黑猪精猪八戒等人物形象，皆已大致具备。元末明初有杨讷（景言、又作景贤）六本二十四折《西游记》杂剧，从唐僧出世的"江流儿"故事开头，后面有闹天宫、收孙行者、收沙僧、收猪八戒，女人国逼配、火焰山借扇等情节。由此可见，现行《西游记》的一些重要故事，在元末明初均已广为流传。它的出现在相当程度上冲破了以前宗教题材的桎梏，表现出市民文学的思想与风格。

取经故事由历史进入民间创作，从南宋"说经"的宗教故事到折射社会生活的话本、杂剧、神魔小说，经过九百多年的流传演变，终于在明代后期由吴承恩加工创作成百回本的长篇神魔杰作《西游记》。

吴承恩（1503？～1582？年），字汝忠，号射阳居士，淮安山阳（今江苏淮安市）人，出身于一个由县级学官而没落为商人的家庭。他自幼聪慧，《天启淮安府志》说他"性敏为慧，博极群书，为诗文下笔立成，清雅流丽，有秦少游之风。复善谐剧，所著杂记几种，名震一时。"但他却屡试不中，到四十多岁才补上一名岁贡生。迫于生计，他在嘉靖四十五年出任浙江长兴县丞，由于"政拙催科"，长官借长兴县署印宫赃私案子连累及他，给他加上贪污受贿的罪名逮捕入狱。后来平反，他又被补为"荆府纪善"，官八品，是个闲职。晚年，他归居乡里，以诗文自娱，完成了小说《西游记》的创作，现存有《射阳先生存稿》四卷。

吴承恩对当时社会的阴暗面有较为清醒的认识，在他的诗文中对封建统治有所批判，如指出"行伍日雕，科役日增，机械日繁，奸诈之风日竟。"① 在《二郎搜山图歌》中，他借题发挥，表现出对时政的态度和理想："坐观宋室用五鬼，不见虞廷诛四凶。野夫有怀多感激，抚事临风三叹息。胸中磨损斩邪刀，欲起平之恨无力，救日有矢救日弓，世间岂谓无英雄？谁能为我致麟凤，长令万年保合清宁功"。他在《禹鼎志序》中说："盖不专明鬼，时记人间的变异，亦微有鉴戒寓焉"。《西游记》的创作也是如此，假鬼神而喻志，托妖魔而言情，孙悟空手中的金箍棒就仿佛是他心中的"斩邪刀"。他虽看到封建社会的腐败，但把责任归之于"五鬼"、"四凶"等奸佞。不反皇帝，这种历史局限性在小说《西游记》及人物孙悟空身上有所表现。

吴承恩少年时代就对怪异奇闻很感兴趣，曾说："余幼年即好奇闻。在童子社学时，每偷市野言稗史，惧为父师诃夺，私求隐处谈之。比长，好益甚，闻亦

---

① 吴承恩《赠卫侯君履任记》。

奇。迨于既壮，旁求曲致，几贮满胸中矣。尝爱唐人如牛奇章、段柯古辈所著传记，善摹写物情，每欲作一书对之。"①他多才多艺，对棋琴书画均有造诣，这为他后来写作《西游记》作了必要、良好的准备。

《西游记》是一部伟大的浪漫主义作品，吴承恩在取经故事的基础上，成功地进行了再创作，把一个以宣扬佛教精神、歌颂虔诚教徒为主的故事，改造为具有鲜明的民主倾向和时代特征的神魔小说。它的积极的思想意义主要体现于以下三个方面。

①《西游记》以幻想的形式曲折地揭露了当时社会现实的黑暗、腐败，表现出对豪杰之士和贤明政治的需求。

明世宗崇尚道教，方士擅权、朝政日非，《西游记》便写了乌鸡国道士夺位、车迟国佞道灭佛、比丘国妖道惑乱，对腐败的现实进行讥讽批判。在天国里，玉皇大帝是至高无上的权威，然而，《西游记》却把这个最高统治者写得昏庸无能，"玉帝轻贤"，"不会用人"，整日供奉太上老君炼丹，以求长生不老，对朝政不闻不问，以至于在孙悟空的挑战面前束手无策。等级森严、腐败透顶的天宫正是人间王国的投影。孙悟空作为叛逆的英雄，必然要对玉帝无能而独享高位不满，他大胆而响亮地提出"皇帝轮流做，明年到我家"。这反映了作者对明代腐朽现状的愤懑与痛恨。作者借孙悟空之口喊出："灵霄宝殿非他久，历代人王有

---

① 吴承恩《禹鼎志序》。

分传，强者为尊该让我，英雄只此敢争先。"其渴望、倾慕英雄整治朝政之意显而易见。与天宫相对，作者竭力歌颂玉华国"人烟凑集"，"五谷丰登"，玉华王"重爱黎民"。联系孙悟空"大闹天宫"，翻不出如来佛手掌心等情节，可见，作者并非否认皇权，而是借孙悟空的金箍棒向统治者发出警告，期望重用贤才，整顿朝纲，实行"清明"政治，以求得"文贤武良"、"皇图永固"。

②《西游记》以神奇的想象，热情讴歌了人民反抗压迫、征服自然的英雄气概和斗争精神。

《西游记》由"大闹天宫"和"西天取经"两大部分组成。"大闹天宫"通过神话形式反映了封建时代人民反抗压迫的意愿，成功地表现出孙悟空的叛逆性；而"西天取经"则以幻想之情节，展现了古代人民除暴安良、克服困难、勇往直前的战斗精神。前者重在说明"大闹天宫"的沉痛教训，后者则倾向于对君明臣贤的理想政治的渴求。孙悟空"大闹天宫"并不表明他否认皇权，而是要求任人唯贤、要求平等、反抗压迫。"西天取经"途中的孙悟空，虽然放弃了"皇帝轮流做"的要求，但依然与沿途各国的昏君奸臣作坚决的斗争，与社会上的各种恶势力和自然界的种种艰难险阻作斗争，也与神佛乃至唐僧、猪八戒等人身上的缺点作斗争。孙悟空在强敌和困难面前从不低头，英勇不屈。红孩儿口吐"三昧真火"烧得他九死一生，他依然抖擞精神，坚持战斗到底。小雷音群神被擒，孙悟空却孤军深入，仍旧与恶魔相斗。而且，"西天取経"的孙悟空还屡以"大闹天宫"的历史为荣，最忌讳别人提起"弼马温"的屈辱。由此可见，他的勇于反抗斗争的基本性格是始终如一、前后统一的。如果说"大闹天宫"是孙悟空英勇反抗的光辉历史，那么，"西天取经"则是他建功立业的胜利赞歌。

③《西游记》也充满对宗教的讽刺和嘲弄。

西天取经原是佛门盛事，作品却借唐僧之口把它与商人的冒险谋利相提并论："世间事唯名利最重。似他为利的，舍生忘死；我弟子奉旨全忠，也只为名，与他能差几何！"将神圣的取经与商人经商牟利类比，这不能不说是对佛门的讽刺。佛教主张无原则的仁慈、善良，要人们忍辱、退让、听天由命，安于现实中的苦难，以求来世的幸福，而《西游记》作者却通过歌颂孙悟空的形象反对悉听天命的说教，主张斗争，并劝人们要除恶务尽。孙悟空大闹天宫、龙宫以及跟一切妖魔鬼怪作殊死斗争的英雄行为，显然与佛教教义相违；唐僧的仁慈，不仅使他自己寸步难行，而且生命屡遭威胁，只有靠孙悟空大动杀伐才能化险为夷。作者还写西天路上的妖魔多与佛祖和菩萨有关系。通天河的魔头是观音菩萨莲花池里的金鱼；小雷音寺的黄眉大王是弥勒佛司磬的赤眉童儿；狮驼山的老怪和二怪是文殊、普贤二菩萨的青狮和白象，三怪大鹏金翅雕又与如来有亲；孙悟空曾取笑如来是"妖精的外甥"。更有趣的是，唐僧师徒历经千难万险抵达西天，因没有准备"人事"（礼物），阿傩、伽叶二尊者竟拒不传授有字真经；不得已，唐僧只得将沿途化缘的紫金钵盂奉上。如此丑行，如来反而为其辩护。"清净"的佛门，原来跟尘世一样"贪婪"、"肮脏"，所谓"极乐世界"同样是藏污纳垢之所。

作品对道教的嘲弄更为直接，所写的道士大多是反面角色。车迟国的道士，原来是三个妖精变化而成；比丘国国王竟相信妖道所献的延年益寿的海外秘方——用一千一百一十一个小儿心肝作药引，可谓残暴至极；青毛狮子精化作道士，谋害了乌鸡国王，夺走了皇位，他神通广大，"都城隍常与他会酒，海龙王与他有亲，东岳天齐是他的好朋友，十代阎罗是他的异兄弟"，面对这样的妖精，乌鸡国国王有冤难伸。这不正是对封建社会中以强凌弱、官官相护、狼狈为奸的阴暗现实的揭露吗？作者让猪八戒将三清的圣像扔进厕所里，对道教危害社会的憎恶可想而知。《西游记》充满对神圣宗教的挖苦与嘲弄；极富有鲜明的时代特色和深刻的思想意义。

当然，《西游记》毕竟是由宣扬佛教功德的讲经故事蜕变而来，加上吴承恩本人的思想局限性，《西游记》书中仍有不少赞颂佛祖功德无量，法力无边，宣扬宿命论的思想内容。如多次谈到"一饮一啄，莫非前定"；"人心生一念，天地尽皆知。善恶若无极，乾坤必有私"等；快到西天时，孙悟空变得信口谈禅，并对玉帝表现了反常的虔敬。这无疑反映了作品的思想缺陷。

《西游记》是我国古代浪漫主义长篇小说的顶峰之作，它在艺术上取得了令人瞩目的成就。

①充满浪漫主义的神奇瑰丽的幻想。

作者运用浪漫主义的创作方法，创造出一个神奇瑰丽、色彩缤纷的神话艺术世界。其中，有虚无缥缈、庄严神圣的天宫，玲珑剔透、光怪陆离的龙宫，阴风惨惨、恐怖森严的地府，有鸟语花香的花果山，"竹篱深深"的高老庄，"鹅毛飘不起"的流沙河，在去西天的路上还有重重险阻——火焰山、通天河、荆棘岭、稀柿洞、子母河、女人国。一个个惊险神奇的情节，精彩纷呈的场面，实在美妙无穷，令人目不暇接，美不胜收。这一片超越时空、极富想象力的艺术世界给中国文学开辟了浪漫主义的新天地。

在作者神奇的笔下，涌现出一批富有浪漫主义色彩的神、人、兽三位一体的艺术群像。孙悟空既有猴的形貌、机灵好动的性格，又有神的超凡入圣的本领，但内核却是人的感情、人的个性。孙悟空能腾云驾雾，上天入地，一个筋斗能翻十万八千里，还有着七十二般变化，他的武器金箍棒，重二万三千五百斤，大能成为擎天柱，小可缩成绣花针。他有一双金睛火眼，能识破任何巧妙伪装的妖魔。孙悟空不仅本领高强，而且热爱自由、疾恶如仇、敢于斗争。在取经路上，他逢妖必斗，见魔必诛，并且除恶务尽。他非常注意了解敌情，根据不同斗争对象，采取不同战略战术，斗智斗勇，克敌制胜。他重感情、明大义，经得住考验。在三打白骨精后，他被唐僧赶出师门，"噙泪叩头辞长老，含悲留意嘱沙僧"，那场面十分感人。而且他一听到师父有难，便不计前嫌、施以援手。真是"神魔皆有人情，精魅亦通世故"。猪八戒也是作者写得较为成功的另一艺术形象。如果说孙悟空的形象集中反映了劳动人民的某些优秀品质，同时也表现了人民对英雄人物的理想，那么，猪八戒这个形象则集中反映了小私有者的一些特点。猪八戒有猪的外貌、猪的特性。他憨厚纯朴，能吃苦耐劳，面对妖魔鬼怪，从不低头屈服。但他也确有自私、偷懒、好色等缺点。叫他外出巡山或找食，他不是偷懒睡觉，就是将找来的食物先自个消受；见了美女，便想留下来做女婿；对事业缺乏坚定的信念，一遇困难，便畏缩动摇，多次提出要分行李散伙。他还爱占小便宜，嫉妒心强，好搬弄是非，爱打个人小算盘。他的小聪明又不免显得憨厚蠢笨，因此往往弄巧成拙、自食其果。其言行举止令人捧腹。此外，狮魔能一口吞下十万天兵，象精能用鼻卷人，老鼠精刁钻狡猾，牛魔王蛮横好斗……小说也都结合原形动物的各种特点，把这些妖魔的丑恶本性写得确切入微，面目各异。作者发挥了奇妙丰实的想象力，从而为中国古典小说宝库增添了一批崭新、独特、有趣而富有典型意义的浪漫主义艺术形象。

在小说中，作者的幻想并非一般小说的局部点染，而是贯穿始终、渗透全篇，建立在新奇的全面构思的基础之上，整部作品可谓是由奇景、奇人、奇事、奇情所形成的有机整体。《西游记》所展现的神魔世界，虽然超出人的正常思维以外，但它却常常扎根于现实土壤之中。它的人物、故事虽写得离奇、美妙，却无不包含着一定的社会现实内容。

②整齐严谨的结构，变化莫测的情节。

在中国长篇小说发展史上，《西游记》的结构很富有代表性。它基本上是由三部分组成：第一至七回，孙悟空出世、大闹三界；第八至十二回，取经缘起，唐僧出世；第十三至一百回，西天取经，历经八十一难，功成正果。第一部分好似"楔子"、"入话"，交代故事的来龙去脉；第二部分犹如"过场"，是两部分之间的桥梁；第三部分才是正文。从总体上看，这种结构既十分整齐严密，各部分之间又有相对独立性。第一部分侧重表现孙悟空的成长史，第二部分偏重于交代全篇故事的缘由，第三部分则注重展示西天取经的艰险历程。"西天取经"作为全书主体，本身又由41个小故事组成。各个小故事都相对独立，错落有致，而又因果分明，没有红孩儿的被擒就没有后来取水、调扇的战斗，没有罗刹被弃、牛魔赴宴，就演不出孙悟空变化牛魔，骗取神扇的情节。此外，如来佛祖给观音三个神箍也各有着落：观世音把"紧箍儿"给唐僧制服了孙悟空，用"禁箍儿"收了黑风山的熊黑怪，又用"金箍儿"收了枯松涧的红孩儿。全书以孙悟空"灵根育孕源流出"领起，又以孙悟空被封为"斗战胜佛"作结；以"我佛造经传极乐"引出正文，又以唐僧师徒取经回东土作结。这种结构显然继承了宋元话本和《三国演义》、《水浒传》的传统，也类似《史记》的列传，即兼具长篇和短篇的长处，形成一种独特的结构形式，后来小说《儒林外史》的短篇连环的结构艺术，正是受《西游记》的影响而进一步发展的结果。

　　《西游记》的情节神奇变幻，波澜迭起。作者巧于安排、精于谋划，排兵布阵，井井有条。"尸魔三戏唐三藏"十分典型。妖精一变妙龄少女，二变龙钟老妪，三变白发公公；悟空一打少女，引起唐僧误会，一遍"紧箍咒"使他痛苦万分；二打老妪，八戒错认老妪为少女妈妈，又使悟空大吃苦头；三打白发公公，八戒又误认为老公公来找女儿和婆婆，在唐僧面前撺掇，终把悟空赶走。真是一波未平一波又起，矛盾纷呈，高潮迭起。唐僧怯懦、昏庸之性格，八戒自私、愚笨的心态，皆跃然纸上。"三调芭蕉扇"也是一个成功的范例，孙悟空由于急躁、骄傲，致使两次上当：先是调到假扇，结果火越烧越旺，连自己的毫毛都要烧光；第二次则没有讨到缩扇的口诀，只好扛着丈二长扇而回，不料又被牛魔王变化猪八戒轻易地将扇子骗走：孙悟空变成牛魔王骗来芭蕉扇，牛魔王又变成猪八戒将芭蕉扇骗回。情节在虚虚实实、真真假假中显得紧张曲折，饶有趣味，引人入胜。

　　③幽默诙谐的艺术风格。

　　鲁迅说："作者禀性，'复善谐剧'，故虽述变幻恍惚之事，亦每杂解颐之言，使神魔皆有人情，精魅亦通世故，而玩世不恭之意寓焉。"[1] 作者涉笔成趣，即景生情，常用小说中人物来插科打诨，如朱紫国王吃了孙悟空用马尿合成的丸药，为了找皇后，向孙悟空下跪，并情愿将一国江山尽付于取经者，八戒在一旁

_____

　　① 鲁迅《中国小说史略》。

嘲笑道："这皇帝失了体统，怎么为老婆就不要江山，跪着和尚？"又如猪八戒见到福、禄、寿三星，与他们大开玩笑，骂他们是奴才。再如唐僧等在布金禅寺进斋，沙和尚见猪八戒大吃大喝，便捏了他一下说："斯文！"八戒贪吃，急得大叫："斯文！斯文！肚里空空！"沙僧也笑道："二哥，你不晓得，天下多少斯文，若论起肚子里来，正与你我一般哩。"这些滑稽、幽默、诙谐的言行，极富有叛世意味。作者很善于创造诙谐幽默的场面和情节，孙悟空入龙宫要宝，四海龙王肉麻地献媚、恭维；唐僧多次被逼招亲的尴尬场面；"二调芭蕉扇"铁扇公主遇见孙悟空所变假牛魔王时撒娇的媚态，等等，都为全书增添了令人妙不可言的喜剧气氛。

作者善于把幽默诙谐的喜剧性赋予人物性格之中。孙悟空仿佛是笑星，走到哪里，哪里就喜气洋洋。在敬道灭僧、乌云笼罩的车迟国，孙悟空一来到，他那诙谐的语言像一股春风吹散了和尚们心头的忧愁。每当唐僧面临凶险、愁眉不展之时，他就用幽默有趣的话语解除唐僧的忧虑。猪八戒更是开心果，一登场便将幽默诙谐带上了取经之路，他讲蠢话、做傻事，叫人一看就感到好笑，像"四圣试禅心"一场，猪八戒因贪恋美色富贵，而要求留下做女婿，还说："大家都有此心，独拿老猪出丑。常言道'和尚是色中饿鬼'。那个不要如此？都这般扭扭捏捏拿班儿，把好事都弄歪了。"结果他落了个"绷巴吊拷"，被捆了起来、吊在树上，大呼救命。猪八戒将笑声永远印在人们的脑海里。

作者还善于用幽默笔调讽喻世态，在笑声之中露出讽刺的锋芒。如车迟国佞道灭僧，到处捉拿和尚，"且莫说是和尚，就是剪鬃、秃子、毛稀的，都也难逃。四下里快手又多，缉事的又广，凭你怎么也是难脱。"这显然隐含着对明代厂卫横行的黑暗现实的揭露。在三清观，孙悟空让虎力、鹿力、羊力三仙喝尿的情节，则是对盲目迷信宗教者的有意戏弄。猪八戒把三清圣象丢进"五谷轮回之所"，还振振有词：

> 三清三清，我说你听：远方到此，惯灭妖精。欲享供养，无处安宁。借你坐位，略略少停。你等坐久，也且暂下毛坑。你平日家受用无穷，做个清净道士，今日里不免享些秽物，也做个受气的天尊！

这里对神圣道教的讽刺和抨击，该是多么引人发笑，又是何等锋芒毕露！

《西游记》的影响颇广。明代余象斗《四游记》中编入的杨志和四十一回《西游记》，万历年间朱鼎臣的《鼎锲全像唐三藏西游释厄传》十卷，均系吴承恩《西游记》的删节本。各种续书接连出现。如明末无名氏的《续西游记》一百回；明末董说《西游补》十六回；清初无名氏《后西游记》一百十回等。其中《西游补》影响较大。该书叙述孙悟空"三调芭蕉扇"后，被鲭鱼精所迷；在虚幻世界中见到古今之事，最后在"虚空尊者"的一呼中醒悟过来。作者借补《西游记》，实以古喻今，讽刺了明末政治腐败和轻浮士风，在艺术上颇有造诣。诚如鲁迅所说："造事遣辞，则富瞻多姿，恍惚善幻，奇突之处，时足惊人，间以诽谐，亦常俊绝，殊非同时作手所敢望。"① 《西游记》还被搬上舞台，清代有《升平宝筏》大型连台本戏，《三打白骨精》、《大闹天宫》、《八戒招亲》等均成为京剧及许多地方戏的保留剧目，直到今天盛演不衰。

《西游记》的出现，还引起人们对神怪题材的广泛兴趣，涌现了许多神魔小说。如邓志谟的《许仙铁树记》，罗懋登的《西洋记》，吴元泰的《东游记》，余象斗的《南游记》，朱名世的《牛郎织女传》，沈孟烊的《济公传》等。其中《封神演义》是较杰出的一部。《封神演义》又名《封神榜》、《封神传》，共一百回，约成书于明隆庆、万历年间，据现存明舒载阳刊本的题记，它是由"钟山逸叟许仲琳编辑"，一说为明代道士陆西星撰。

《封神演义》是以宋元讲史话本《武王伐纣平话》为基础，博采民间传说加工创作而成。它以商、周斗争和武王伐纣的历史故事为线索，歌颂周的"仁政"，揭露和批判商的暴政，表现了惩暴君反暴政的进步思想倾向。

作品无情地揭露了纣王的昏庸无道、沉湎酒色、听信谗言、杀妻诛子、制炮烙、造虿盆、剖孕妇、敲骨髓等罪恶行径，热情赞扬武王"仁慈爱民"的圣德，

---

① 鲁迅《中国小说史略》。

展示了"民丰物阜，市井安闲"，"夜不闭户、路不拾遗"的仁政乐园——西岐，反映了人民对好皇帝及变革封建黑暗政治的幻想和愿望。作者通过哪吒形象歌颂了叛逆精神，批判了"父要子亡，子不亡不孝"的封建孝道；还借姜子牙之口道出："天下者，非一人之天下，乃天下人之天下也。"君不正，"天下之人皆可得而讨之"，这显然与封建伦理中的君臣关系相悖，具有一定的进步意义。当然，其中也有一些糟粕，如宿命论思想贯穿首尾，宣扬"女人是祸水"等。

在艺术上，它塑造了一些富有个性的人物形象，如天真纯洁具有叛逆精神的哪吒，坚忍不拔、英勇顽强的姜子牙，忘恩负义、狠毒阴险的申公豹，狡猾而残忍的妲己等，还用对比方法描绘了许多神奇的法术。土行孙可在地底日行千里；张奎却可于地底日行一千五百里。郑伦鼻中哼出两道白光，陈奇腹内哈出一道黄气，都能使敌人昏迷、跌倒。此外，杨任的眼睛，雷震子的肉翅，哪吒的风火轮，杨戬的七十二变，高明、高觉的"目能观千里，耳能听千里"等，都充分显示了想象力的奇特和中国人民的智慧力量。但从总体上看，全书人物刻画大多失之于概念化、公式化，情节雷同繁冗，语言平板拖沓。

八 《金瓶梅》与世情小说

　　《金瓶梅》在我国文学史上的出现，犹如异军突起，被目为"第一奇书"。它以描写日常现实生活中的世俗人情见长。有人认为它是我国第一部文人独创的长篇小说，有人则说它是在民间说唱基础上世代累积型的作品。从其思想倾向和艺术风格来看，它既因袭了话本小说的某些俗套，又更像文人作家的手笔。

　　《金瓶梅》的作者，据欣欣子的《金瓶梅词语序》称，为其友兰陵笑笑生作。兰陵为山东峄县、江苏武进县的古名，"笑笑生"的真实姓名待考。明代沈德符称："闻此为嘉靖间大名士手笔。"① 清康熙十二年（1673 年）朱起凤在《稗说》卷三首次提出《金瓶梅》为王世贞"中年笔"。除王世贞外，后人又提出李开先、卢楠、屠隆、贾三近等，但皆缺乏确证。

　　《金瓶梅》在刻印之前，曾有抄本流传。最早见到其抄本的，是写于明万历二十四年（1596 年）的袁宏道《与董思白书》所载；藏有或传阅抄本的还有王世

---

① 沈德符《万历野获编》。

贞、董其昌、刘承禧、袁中道、屠本畯、冯梦龙、沈德符等多人。《金瓶梅》成书时间有嘉靖和万历两说。前者认为约在嘉靖二十六年至万历元年（1547～1573年）之间；后者主张为万历十年至万历三十年（1582～1602年）之间，我们认为成书于万历年间的可能性较大。

《金瓶梅》的版本有两个系统。一为词话本，现存最早刊本为《新刻金瓶梅词话》，十卷一百回，卷首有欣欣子序，廿公跋、东吴弄珠客写于万历丁巳（1617年）季冬的序。一为说散本，现存最早刊本为明崇祯年间的《新刻绣像批评金瓶梅》二十卷一百回，删去了词话本中大量词曲，部分情节和文字也有改动。清康熙三十四年（1695年）张竹坡的《皋鹤堂批评'第一奇书'金瓶梅》，即以崇祯本为底本，是流传最广、影响最大的刊本。

《金瓶梅》的故事是从《水浒传》"武松杀嫂"一节演化而来。它写了西门庆一家的兴衰史。西门庆原是山东清河县开生药铺的财主，他勾结官府，又与当地的狐朋狗友结为十兄弟，掠吞别人财产，巧取豪夺，无恶不作，为害一方。他已有一妻二妾，又要霸占武大的妻子潘金莲，便和潘金莲、王婆合谋毒死武大。武松为兄报仇，西门庆买通官吏，致使武松身陷囹圄。西门庆不仅逍遥法外，而且在经济上、政治上都成了暴发户。由开一爿生药铺，发展为开绒线、绸缎、典当等五个店铺，并以重金贿赂宰相蔡京，拜蔡京为义父，从而由一介市井细民，升为山东理刑副千户，进而升为正千户官职。他先后娶孟玉楼、潘金莲、李瓶儿为妻，奸淫家中婢女及奴仆媳妇春梅、迎春、兰香、如意儿、宋惠莲、王六儿、叶五儿等，又与王招宣的遗孀林太太私通，并经常去妓院嫖妓。最后他因淫欲过度而暴亡，潘金莲为武松所杀。《金瓶梅》的书名，即根据西门庆的妾潘金莲、李瓶儿和婢庞春梅三人名中各取一个字而成。

《金瓶梅》的创作主旨，历史上有政治寓意说（见《万历野获编》）、讽喻说（见谢肇淛《金瓶梅跋》）、复仇说（见屠本畯《山林经济籍》）等。说法各有不同，但却一致认为《金瓶梅》的思想内容具有强烈的现实性。作者用借古喻今，指宋骂明的手法，意在暴露明代社会种种腐败现象。全书以土豪恶霸西门庆发迹暴亡为中心，描绘了上自封建最高统治机构，下至市井无赖所构成的一个鬼蜮世界，揭穿了封建统治阶级腐朽而醒醒的面貌，暴露了封建制度的种种罪恶。诚如鲁迅所说："著此一家，即骂尽诸色。"①

《金瓶梅》中的主角西门庆，有人认为他是"十六世纪中国新兴商人"②。有人则认为，他"是在那些传统的反面形象性格基础上的一个新发展"，"一个别具一格的不朽的反面典型"③。更常见的说法，是把西门庆视为"官僚、富商、恶霸三位一体的人物"④。一般

---

① 鲁迅《中国小说史略》
② 见《中国社会科学》1987 年第 3 期卢兴基文。
③ 见《金瓶梅论集》沈天佑文。
④ 见金启华等主编《中国文学史》。

认为，西门庆是个市井恶棍的典型。小说从未写他占有了多少田地庄园，进行地主剥削。他虽然是先后经营五家店铺的商人，担任理刑副千户、千户的官僚，但作品所写他的主要活动，却不是从事正当的商业经营和执法断案，而是以市井恶棍的手段，靠发横财发家，靠勾结官吏偷漏税致富，靠收买流氓打手捣毁蒋竹山的生药铺来代替商业竞争，利用当官的职权贪赃枉法，以沉湎在奸淫狗盗，酒色财气之中，结果乐极哀来，人亡家破。他本身既带有浓烈的封建性，又是封建社会腐朽没落的产物。如果不是上自朝廷太师下至府县官吏的贪财纳贿，对西门庆由庇护进而提拔重用，他早就该死于打虎英雄武松的铁拳之下了。在他身上，我们看到的是一个市井恶棍的凶恶、贪婪和腐朽。

小说不仅停留在对西门庆个人罪恶的暴露上，而是同时写出了产生西门庆之流的社会典型环境。西门庆谋杀武大，气死花子虚，逼死宋惠莲、宋仁，诬陷、迫害来旺，受贿包庇杀人犯苗青，奸淫众多妇女，皆是由于他经济上有钱财，政治上有封建官僚作靠山。用作者的话来说，这是"极财惹祸胎，"说明"那时徽宗天下失政，奸臣当道，佞小盈朝……以致风俗颓败，赃官污吏，遍满天下，役繁赋重，民穷盗起，天下骚然。"勇于面对现实，如实地赤裸裸地写出当时现实生活的肮脏、丑恶、黑暗和腐朽，这是《金瓶梅》最显著的特色和对中国小说的最大贡献。

《金瓶梅》还以潘金莲、李瓶儿等妇女形象为主角，写出了妇女既有对人生性欲的正当要求，在那个社会又不免落得个可鄙可憎，可悲可怜的下场。在《金瓶梅》中，潘金莲不只是个淫妇形象，作者还写出了王招宣、张大户对她的毒害和糟蹋。她与武大的婚姻是张大户包办的。这在她看来，如同"乌鸦配鸾凤，真金子埋在土里"。她要争取自主、幸福的婚姻，可是在那个社会她没有离婚的权利，从而走上了毒杀亲夫武大的犯罪道路。在她与李瓶儿、吴月娘等人的矛盾中，固然表现了她争宠、妒忌、凶残、狠毒的性格，不惜以阴谋手段害死官哥儿，气死李瓶儿，但同时也应看到，罪恶的根源还在于一夫多妻制和封建的宗法制。潘金莲竭力追求情欲，结果却死于她最初看中的男人武松之手。作者一方面说还是"世间一命还一命"，另一方面又"堪悼金莲诚可怜"。这种态度看似矛盾，实则反映了作品一再表述的思想："为人莫作妇人身，百年苦乐由他人。"对妇女的悲惨遭遇和命运，寄予了一定的同情。《金瓶梅》作为"描写下等妇人社会之书"，堪称对我国长篇小说的一个新贡献。

《金瓶梅》另一个突出成就，就是刻画出应伯爵等一批帮闲者和市井无赖的形象。这些市井无赖竭力趋炎附势，百般凑趣讨欢。当西门庆得势时，他们为虎作伥，助纣为虐，靠西门庆的小恩小惠糊口谋生。西门庆一死，应伯爵竟立即送上西门庆的妾李娇儿，作为投靠新主子张二官的见面礼。原来亲热得无比的结义兄弟，如今"直若与西门庆义不同生，仇结隔世者"。作者把人心之真假、冷热，世情之虚伪、险恶，刻画得入骨三分，出乎情理之外，令人不得不震惊、猛醒。

《金瓶梅》也有严重的缺陷。首先表现为作者的思想观念并未打破封建的樊篱，以致大大削弱甚至歪曲了作品揭露批判的深刻性和准确性。如"西门庆私淫来旺妇"，作者却要以此劝告："凡家主，切不可与奴仆并家人之妇苟且私狎，久后必紊乱上下、窃弄奸欺，败坏风俗，死不可制。"以为这是"西门贪色失尊卑"，"暗通仆妇乱伦彝"。明明是西门庆奸淫逼死来旺妇，可作者却把来旺妇的被迫自杀写成是"含羞自缢"，显然，作者是站在维护封建主义的立场观点上进行揭发批判的。

其次，作者缺乏高尚的审美情趣，一味地热衷于暴露黑暗，而缺乏积极的理想和追求，特别是对西门庆荒淫无耻、糜烂堕落的性生活描写得过分夸张露骨，甚至有几分欣赏、陶醉。其结果，在暴露丑恶的同时，也会对读者产生负面影响。这是《金瓶梅》长期遭禁锢的主要原因。

《金瓶梅》在中国小说发展的历史长河中是一部独辟蹊径，极富开创性的作品。它标志着我国长篇小说在艺术上一系列根本性的重大转折和创新。

第一，由反映古老的历史时代，转变为直接反映当时的现实生活。《金瓶梅》以前的小说，所写的几乎都是古代的历史故事或民间传说，跟当时特定的社会生活和时代风貌有相当大的距离。《金瓶梅》虽然名义上也说故事发生在宋代，但它所反映的实际生活，却道道地地是明代中晚期的。欣欣子在《金瓶梅词话序》中明确宣告，该书"寄意于时俗。"书中所写的服饰，风俗也都是明代的，所写的人物性格，更不难在明代现实社会中找到许多影子。其现实性之强，实属空前。

第二，由带有理想化的倾向，转变为不加粉饰的赤裸裸的真实描写。《金瓶梅》以前的我国小说，在揭露奸臣、赃官、土豪恶霸的同时，总是伴随着对圣君贤相、忠臣清官、英雄豪杰的美化和颂扬，把现实剪裁得有几分合乎作者的理想。《金瓶梅》的作者则以前所未有的魄力，从地方恶霸西门庆直到最高统治者皇帝，写出了封建社会罪恶的整体，使人们清楚地看出，社会的黑暗，不只是少数坏人作恶的结果，更重要的是当时的腐败政治，势利人心和恶劣世俗，必然使西门庆之流加官晋爵，步步高升，必然使一批妇女被金钱势力和享乐思想所支配，必然会出现应伯爵那样一群帮闲者。它所描写的已经丝毫不带理想化的色彩，做到了"对于人和人的生活环境作真实的，不加粉饰的描写"①。使"生活表现得赤裸裸到令人害羞的程度"②。

第三，由着力追求故事情节离奇曲折的传奇手法，转变为着力表现普通的、日常生活真实的写实手法。近代现实主义，要求"按生活的本来面目描写生活"③。而在《金瓶梅》以前的我国长篇小说，所写的一般都是重大的政治、军事斗争，追求的是故事情节

---

① 高尔基《谈谈我怎样学习写作》。
② 别林斯基《论俄国中篇小说和果戈理君的中篇小说》。
③ 契诃夫《致基塞列娃》。

的传奇性、曲折性和紧张性。《金瓶梅》所写的则完全是家庭的日常生活，故事情节也与家庭日常生活一样平淡无奇。它不是靠故事情节的传奇性吸引人，而是靠日常生活的真实描写打动人。这不仅是作品题材和写作手法的变化，更重要的是反映了长篇小说艺术描写日常生活的能力有了长足的进步，使小说与世俗人性更加贴近了，表现了现实主义的发展和深化。

第四，由轻视、排斥妇女在长篇小说中的地位，转变为以妇女为作品的主人公。《金瓶梅》以前的我国长篇小说，极少有成功的妇女形象，即使写妇女也皆使她们处于从属的地位。这跟作家受男尊女卑的封建传统观念的支配大有关系。《金瓶梅》作者虽然也未摆脱封建妇女观的影响，但他的实际创作却从人的情欲出发，不仅使潘金莲、李瓶儿、庞春梅等妇女形象成为书中的主角之一，而且还以细腻笔墨，写出了妇女所独有的性格——她们的理想和追求、苦恼和悲伤、美貌和才情、长处和短处。潘金莲出生在一个裁缝家庭，聪明、美丽，既会描鸾刺绣，又会品竹弹丝。她被张大户配给外貌丑陋的武大为妻，满心怨恨，在琵琶曲中，弹出了自己内心深深的不满与痛苦，她把自己看得比金子还高贵，表现了一个觉醒了的妇女的自尊、自傲与自信。李瓶儿是个温柔软弱的痴情女子，她的生活要求并不高，她只希望通过满足西门庆的性欲、财欲，讨好西门庆的妻妾，能在西门庆家安稳度日，然而，最终却惨死于一夫多妻制所必然造成的野蛮倾轧之中。庞春梅虽是丫环出身，地位低贱，却心高气大。她相信吴神仙相面说她有贵相的话，后来她果然成了夫人，因放纵淫欲而亡。总之，这些女性的性格都是很复杂的、活生生的，绝非简单的"淫妇"二字所能概括。

第五，由描写和歌颂正面人物为主，转变为揭露和批判反面人物为主。《金瓶梅》成为我国小说史上第一部以写反面人物为主的长篇小说，并为在我国长篇小说中运用讽刺的笔法开了先河。向来小说皆以美为审美的对象，而《金瓶梅》却能以"丑"为审美的对象，使读者从作品对种种丑恶人物和丑恶现象的嬉笑怒骂之中，能够做到"一哂而忘忧"的审美效果。这不仅为长篇小说的人物画廊和现实主义的发展开辟了新的天地，而且在美学观念上也是个重大的突破。

第六，由夸张的、粗略的细节描写，转变为逼真的、琐屑的细节描写。《金瓶梅》以前的小说，恰如曹雪芹在《红楼梦》第一回所指出的："不过传其大概，以及诗词简章而已；至家庭闺阁中一饮一食，总未述记。"《金瓶梅》则扭转了"一传其大概"、不重视细节描写的现象。在第十二回，西门庆因潘金莲与琴童有奸情而对潘金莲进行拷打和审问，就写得很有层次，十分细腻地写出了西门庆既专横毒辣，又怕家丑外扬的矛盾心态，生动地表现了潘金莲那寒慄而沉着，狡黠而可怜，阴毒而机灵，怨怼而柔情的泼妇形象。总之，《金瓶梅》中逼真的细节描写，使人"读之，似有一人曾亲执笔在清河县前西门家，大大小小，前前后后，碟儿碗儿，一一记之，似真有其事，不敢谓为操笔伸纸做出来的。"①

　　第七，由作家以说书人的身份公然出现在作品中对人物和事件加以介绍、评述，转变为由作家和作品中的人物多视角地展开描写。如当潘金莲嫁到西门庆家时，不是由作家直接出面介绍潘金莲给众人的观感如何，而是以吴月娘的视角和心理感受写道："吴月娘（对潘金莲——引者注）从头看到脚，风流往下跑；从脚看到头，风流往上流。论风流，如水晶盘内走明珠；论态度，似红杏枝头笼晓日。看了一回，口中不言，心内暗道：'小厮每家来，只说武大怎样一个老婆，不曾看见，今日果然生的标致，怪不的俺那强人爱他。'"这种写法，以极省简的笔墨，起到了各方面的作用，大大缩短了小说形象与读者之间的距离。这无疑是小说艺术的发展和进步。

　　第八，由以故事为主体的板块结构，转变为以人物为中心的网络结构，由以各个人物和故事组合的短篇连环结构，嬗变为以作品的主人公——西门庆的性格发展和家庭兴衰一线贯串的有机整体结构，由一人一事为主的封闭性结构，发展为主副线的复合，经纬线交错的开放型结构。《金瓶梅》围绕西门庆家庭的盛衰史展开，形成网状结构，它像生活本身那样繁复，千头万绪，各种生活情节和场面纷至沓来，大小事件接连而起，组成了一个意脉相连，情节相通，互为因果的生活之网。其全书结构之严谨、统一、宏伟、完整，堪

---

　　① 张竹坡《〈金瓶梅读法〉之六十三》。

称在我国长篇小说史上展开前所未有的新的一页。

这八项转变，既使《金瓶梅》由古典现实主义跨向近代现实主义，同时又带来了缺乏理想的光彩，描写过于琐细，芜杂，艺术加工、提炼不足等严重缺陷。尤其是大量露骨的色情描写，秽心污目，历来为世人诟病，但从小说艺术的发展上来看，其积极影响仍是主要的。

《金瓶梅》作为我国第一部以家庭生活为题材的长篇小说，确实是开了"人情小说"的先河。自它问世以后，陆续出现了不少《金瓶梅》的续书及其他人情小说。

据《万历野获编》记载，《金瓶梅》作者曾作《玉娇李》（又名《玉娇丽》），袁宏道闻其内容，谓"与前书各设报应因果。武大后世化为淫夫，上蒸下报；潘金莲亦作河间妇，终以极刑；西门庆则一骏惷男子，坐视妻妾外遇，以见轮回不爽。"这是最早的《金瓶梅》续书，可惜早已失传。

清顺治十八年（1662年），丁耀亢作《续金瓶梅》共六十四回。丁耀亢（1599～1671年），字西生，号野鹤，山东诸城人。他生当明末清初，怀才不遇，忧国忧民。《续金瓶梅》是他晚年所作。作品以宋金战争为背景，以吴月娘与孝哥母子从离散到团聚为中心线索，着重写金、瓶、梅三人的故事。李瓶儿转世为李银瓶，在李师师、翟员外、郑玉卿、苗青等人的拐骗争夺下自缢身亡；潘金莲转生为黎金桂，庞春梅托生为孔梅玉，皆因婚姻不幸，出家为尼。全书的主导思

想就是因果报应，劝善惩恶，充满道学气，读来令人
生厌。值得一提的是，作品借宋代金兵入侵，为我们
描绘了一幅明清易代之际的乱世画面，抒发了对满族
入关后残暴统治的愤懑之情，有一定的认识作用。

清康熙年间，不题撰人，但卷首有四桥居士作序
的《隔帘花影》，实即《续金瓶梅》的删节本，共四
十八回，主要删去了"意在刺新朝而泄黍离之恨"①
的内容，使原作的思想性大受削弱，而在艺术上芟除
大段因果报应的说教，则显得较为集中、精练。

《金屋梦》则是清末民初，由《莺花杂志》编辑
孙静庵据《续金瓶梅》并参照《隔帘花影》，重新删
改而成。

在《金瓶梅》的影响下，文人创作的人情小说迭
起。《玉娇梨》也学《金瓶梅》，摘取书中白红玉也叫
无娇与卢梦梨两人三名字中的各一个字组成书名。《平
山冷燕》则取平如衡、山黛、冷绛雪、燕白颔四人的
姓氏组成。其学步《金瓶梅》显而易见。唯察其内容
意旨、人物事状皆不同，是以才子佳人的爱情婚姻，
反映世俗人情的冷暖险恶，绝不涉及淫秽笔墨，因此
这些作品对于《金瓶梅》来说，属于"又生异流"。②

《玉娇梨》二十回，成书于明末。作者荑秋散人，
真实姓名不详。1826 年后译成法、英、德文，改书名
为《两个表姐妹》。该书以明英宗正统年间为历史背

---

① 平步青《霞外捃屑》卷九。
② 鲁迅《中国小说史略》。

景，写苏友白与白红玉（即吴无娇），与卢梦梨的爱情婚姻故事，作品展现了一副副"世情看冷暖，人面逐高低"的画面；宣扬的婚姻观念，是重才华、轻权势富贵，重婚姻当事人的情投意合，否定以婚姻为权势与利益的结合，这在当时有一定的进步意义。在艺术上，它不是把故事局限在家庭内部，而是前半部以官场为主，后半部以社会为主，描写从京官到下层的小财东，星相士，假名士之流，使之足以反映广泛的社会世情。其主要缺陷是仍囿于封建主义的伦理观念，肯定一夫多妻制，在思想情趣和语言风格上，皆表现为浓重的封建文人习气。

《平山冷燕》二十回，题"荻岸散人编次"。清盛百二（1720～？年）的《袖堂续笔谈》认为是清康熙年间嘉兴张劭所作。写燕白颔与山黛、平如衡和冷绛雪两对夫妻的姻缘故事。作者虽受"当时科举思想之所牢笼"，写"求偶必经考试，成婚待于诏旨"，但突出以才女才子为婚姻标准，毕竟反映了封建文人的婚姻理想，比讲究门当户对的封建婚姻要略有进步。

《好逑传》十八回，一名《侠义风月传》，题"名教中人编次"。从1761年起有英、德、法文译本，受到歌德和席勒的赞赏。该书写铁中玉依靠自己的勇力和智慧，巧妙地利用其御史父亲的权位，向邪恶势力作斗争，救援被欺压的孤女水冰心，最后结成美满姻缘的故事。他俩的自主婚姻被人诬蔑为"实有伤于名教"，实际上他俩虽成婚礼却未同床，经皇后验明水冰心仍为贞女，于是诬蔑者受到谴责，水铁二人则被誉为"真好述中出类拔萃者",令重结花烛,以光名教。鲁迅称"其立意亦略如前二书,惟文辞较佳,人物之性格亦稍异,所谓'既美且才,美而又侠者也'。"①

此外,明末清初的人情小说,现存者尚有《铁花仙史》、《玉支玑》、《画图缘》、《蝴蝶媒》、《五凤吟》、《巧联珠》、《锦香亭》、《驻春园》等共约五十种。它们多落入才子佳人恋爱的俗套,思想和艺术价值俱不高。

《金瓶梅》之后,最著名的人情小说为《醒世姻缘传》。此书原名《恶姻缘》,共一百回。现存最早的清同治庚午刻本,题为"西周生辑著"。作品写明代英宗正统至宪宗成化年间(约 1440～1485 年),山东武城县官僚地主之子晁源纵妾虐妻,托生为绣江县地主之子狄希陈,受到恶报的故事。头二十二回为前世姻缘,后七十八回为今世姻缘,最后以狄希陈诵《金刚经》,达到"福至祸消,冤除恨解"。全书以因果报应的宿命论为基础。

《醒世姻缘》的可取之处,在于它揭露了封建社会政治上的黑暗和道德上纲常解体的人伦关系。官职的获得与提升,完全凭关系和金钱。官吏可以任意肆虐,统治者只认"财和势",毫无是非可言。用作者的话来说:"若是有了靠山,凭你怎么做官歪憋,就是吸干了百姓的骨髓,卷尽了百姓的地皮,用那酷刑尽断送了百姓的性命,用那峻罚逼逃避了百姓的身家,只管有

---

① 鲁迅《中国小说史略》。

人说好，也不管什么公论；只管与他保荐，也不怕甚么朝廷。有了靠山做主，就似八只脚的螃蟹一般，竖了两个大钳，只管横行将去。……这靠山第一是'财'，第二才数着'势'。就是'势'也脱不过要'财'去接纳；若没了'财'，这'势'也是不中用的东西。"在伦理道德上，更是出现了妾虐妻，妻虐夫，"阴阳倒置，刚柔失宜，雄鸡报晓"的反常现象，说明封建礼教已失去维系人心的力量。

但是作者不了解产生这种现象的社会阶级根源，而把一切说成"都是各人的命里注定，不能强求"，都"是天意，埋怨得何人？"由于作者未能写出人物性格形成的社会根源，而是借以宣扬因果报应的宿命论，这就不仅大大削弱了作品真实感人的艺术力量，而且使其总的思想倾向显得十分陈腐与荒谬。

《醒世姻缘传》不乏一些精彩章节，如第六十七回写医生诈骗病家，反被病家识破的故事；第八十回刘氏乘人之危，借机敲诈，反落得人财两空的故事，都极具讽刺意义，以其对黑暗社会现实的揭露而开后来社会问题小说之先河。

《醒世姻缘传》明显地深受《金瓶梅》的影响，如《金瓶梅》有"潘金莲醉闹葡萄架"，它则有"寄姐大闹葡萄架"。而在总的思想和艺术成就上，它虽然远不及《金瓶梅》，但从文人创作的长篇白话小说发展的历程来看，还是有其积极意义的。

在通俗小说空前繁荣之际，明代的文言小说也有

了发展。从文言小说的发展历史来考察，由魏晋志怪
而至唐人传奇是一大变化；由传奇发展到明人长篇文
言创作则为第二个转变；而由长篇传奇融合白话小说，
发展到《聊斋志异》则是第三次飞跃。

就明代文言小说创作的整体而言，难以与通俗小
说相抗衡。原因在于内容上因袭传统的灵怪、艳情题
材，多以因果报应出之，示意劝惩，削弱了小说艺术
的感人力量；笔记杂俎又多侧重于自然现象的变异，
带有较多的迷信色彩。《剪灯新话》、《剪灯余话》却
不乏故事曲折、文笔净洁之作，给予明代的文言小说
创作以深远影响，致使仿作迭起。赵弼的《效颦集》、
陶辅的《花影集》、周礼的《秉烛清谈》、邵景詹的
《觅灯因话》等相继问世，形成了"剪灯系列"。其中
不少篇章也为拟话本和戏曲创作提供了宝贵素材，终
因内容上多承唐宋传奇志怪之余绪，较少新意，故成
就不高。

中国古代文言小说发展到宋代，衰微之势，已见
端倪，元、明两代继之，至清《聊斋志异》出现后，
始有改观。因此，明代文言小说创作处于承上启下的
转折期，地位不可忽视。它为清代文言小说的兴盛创
造了条件，这主要表现在以下几点。

一是宋人崇尚纪实的小说观，在明代有了长足发
展。自宋濂以小说笔法作纪传始，传纪体小说或带小
说性的纪传文不胫而成，蔚然成风。即便带有寓言性
质的《中山狼传》也以此体命笔，娓娓动人。纪实性
文言小说，逐步由虚幻缥缈的灵怪鬼魅，向现实生活

贴近，虽是写鬼怪，却富于强烈的现实人生色彩。如《绿衣人传》的李慧娘鬼魂，采撷史实，寄托了现实社会的爱憎，读来亲切可信。至宋懋澄的《负情侬传》、《刘东山》、《珍珠衫》，则直面人生，有时有地，彻底摆脱了灵怪的构架，改变了"托往事而逃近闻"的创作倾向。作者在《负情侬传》结尾明白无误地告诉读者："余自庚子秋闻其于友人，岁暮多暇，援笔叙事。……丁未携家南归，舟中检箧稿，见此事尚存，不忍湮没，急捉笔促之，惟恐其复祟，使我更捧腹也。既书之纸尾，以纪其异，复寄语女郎，传已成矣。"现实社会生活入篇，就为文言小说创作开拓了广阔视野。《聊斋志异》的作者蒲松龄在其作《老饕》篇末云"此与刘东山事盖仿佛焉"，说明他的创作，就直接受其影响。这一创作传统，在文言小说创作史上产生的深远作用，是不应低估也是不能抹杀的。

二是明代文言小说的篇幅越来越长。从元代《娇红记》起，除笔记仍多短简外，整个传奇体呈中长篇趋势。如《剪灯新话》、《钟情丽集》、《怀春雅集》、《天缘奇遇》、《花神三妙传》、《刘生觅莲记》、《龙会兰池录》，乃至《轮回醒世》，动辄数千言、万余言，屡见不鲜。篇幅的趋长，使情节曲折繁复，枝节层出不穷，便于编织出更加动人的故事。

三是文言小说朝着通俗的方向发展。先是明代前期之作显受宋元话本的影响，《娇红记》、《钟情丽集》，甚至《如意君传》，已是介于文言与话本之间；次后，通俗小说的繁荣，对文言小说的创作更带来了强大的冲击力，于是，一向专事用典、标榜古奥的文言小说中，也掺入了普通生活的口语、俚俗。至清初之蒲松龄，则集其大成，人物语言，声口如闻，典雅与俚俗兼容并蓄，而且达到了和谐统一，形成了古雅简洁、清新活泼的语言风格。

总之，明代的文言小说创作，由于受到通俗小说的影响和冲击，无论在思想内容或是艺术形式上都增添了新的特色。

九 《聊斋志异》与文言小说

　　我国古典小说是以文言和白话两条线索发展的。文言小说从魏晋南北朝志怪、志人的笔记，发展到唐宋传奇，形成一个高潮。但随着宋元时期白话小说的兴起，文言小说由于内容脱离现实，形式缺乏独创，便日渐衰微了。明代创作传奇和志怪小说的风气复炽，出现了瞿佑的《剪灯新话》、李昌祺的《剪灯余话》、邵景瞻的《觅灯因话》等文言小说。在"盖传奇风韵，明末实弥漫天下，至易代不改"① 的风气影响下，清代蒲松龄的《聊斋志异》则把我国的文言小说推进到了最高峰。

　　蒲松龄（1640～1715 年），字留仙，别号柳泉，山东淄川（今淄博市）人。家庭世代书香，其父蒲盘只是个童生，因家贫而弃儒从商。蒲松龄从小热衷功名，19 岁参加科举考试，在县、府、道考了三个第一，名扬万里，尔后却屡试不第。直到 72 岁才援例出贡，

————————

① 鲁迅《中国小说史略》。

补了个岁贡生，四年后便去世了，以穷秀才终此一生。只是其间于 31 岁时赴江苏宝应县为知县孙蕙当了一年幕僚，使他亲身体验到了官场的生活，次年便辞回乡里。他一生大部分时间都在家乡设帐教书谋生，到 70 岁才撤帐闲居。

蒲松龄坎坷的一生和贫困的生活经历，使他对社会现实的黑暗有比较清醒的认识，在思想感情上能够靠近人民，从人民群众中吸取到思想和艺术养料。他从自己的切身经历中，痛感科举制度的腐败："颠倒了天下几多杰士。蕊宫榜放，直教那抱玉卞和哭死！"① 他在《与韩刺史樾依书》中揭露："仕途黑暗，公道不彰，非袖金输璧，不能自达于圣明，真令人愤气填胸，欲望望然哭向南山而去！"对于官僚地主的剥削，迫使农民"粜谷卖丝，以办太平之税"，以致"十月秋方尽，农家已绝粮"。他不仅深表同情，而且不计个人利害，敢于为民请命，用他自己的话来说："感于民情，则怆恻欲泣，利与害非所计及也。"② 他的《聊斋志异》就是他寄托"孤愤之书"，大部分是搜集民间故事传说加工创作而成的。他在《聊斋自志》中自称："才非干宝，雅爱搜神；情类黄州，喜人谈鬼。闻则命笔，遂以成编。久之，四方同人又以邮筒相寄，因而物以好聚，所积益伙。"邹弢的《三借庐笔谈》也说蒲松龄"作此书时，每临晨，携一大瓷罂，中贮苦茗，具淡巴

---

① 蒲松龄《［大江东去］寄王如水》。

② 蒲松龄《与韩刺史樾依书》。

菰一包，置行人大道旁，下陈庐衬，坐于上，烟茗置身畔，见行道者过，必强执与语，搜奇说异，随人所知，渴则饮以茗，或奉以烟，必令畅谈乃已"。这虽属传说，未可全信，但根据作者的《聊斋自志》亦足以证明，他的创作素材是来自人民群众之中的。

然而，蒲松龄毕竟是封建文人，他的思想认识不能不受封建正统思想的影响。如他憎恨科场的腐败，却不反对科举制度本身；憎恶贪官污吏、土豪劣绅，却对封建最高统治者抱有幻想；同情人民疾苦，却反对人民起义；歌颂男女真挚的爱情，却赞成一夫多妻制；不满于黑暗的社会现实，却又进行封建道德的说教和宣扬宿命论。所有这些都给他的创作带来了不可避免的历史局限性。

蒲松龄一生的著作很多，除《聊斋志异》外，还有文四百余篇、诗九百余首、词一百余阕、俚曲十四种、戏剧三种、通俗杂著八种。他的诗、词、散文、俚曲皆收入路大荒编的《蒲松龄集》，中华书局 1962 年出版。

《聊斋志异》是蒲松龄成就最大、最为著名的代表作，大体上作于他 40 岁以前，此后不断有所修改和增补。

近五百篇作品的《聊斋志异》在体裁上并不一致。一类近于笔记小说，篇幅短小，记述简要；一类近似杂录，写作者亲身近闻的一些奇闻异事，具有素描、特写的性质。大部分作品则是具有完整的故事、曲折的情节、鲜明的人物形象的短篇小说。

　　《聊斋志异》的版本，以上海古籍出版社出版的"三会本"（即会校、会注、会评本）《聊斋志异》最为完备，共收491篇。此外还有影印的上半部手稿本，最为珍贵。铸雪斋十二卷抄本，最接近手稿本。赵刻青柯亭十六卷本在文字上作了许多删改，但流行最广，影响最大。王金范十八卷本则是删繁就简的选本。

　　《聊斋志异》所反映的思想内容极为广泛、丰富、复杂。大致说来，其优秀之作的内容可分为以下四个方面。

　　①暴露和批判封建政治的黑暗。揭露社会黑暗是《聊斋志异》的一个很突出的内容。作者在作品中深刻地反映了封建社会的腐败、贪官恶霸的横行以及平民百姓凄惨的生活。

　　《促织》写皇宫里盛行斗蟋蟀，各级官员为了拍皇帝马屁，强令老百姓都要上交善斗的蟋蟀。有个名叫成名的老实人，因交不出蟋蟀，被地方官员勒索得倾家荡产，后来得到女巫的指点，捕到一头强壮的蟋蟀，不料却被9岁的儿子不小心弄死了。儿子因惧怕父亲责怪，跳井自杀身亡。成名正在悲痛欲绝之际，儿子忽然变成了一头凶恶善斗的蟋蟀复活过来。成名把这头蟋蟀呈送皇宫才转危为安。作品有力地揭露了封建统治者的荒淫昏庸，抨击了贪官污吏的凶狠残酷，甚至把批判的矛头直接指向了封建最高统治者皇帝。

　　再如《席方平》，作者写一个名叫席廉的平民百姓，无端被豪富恶霸害死。他的儿子席方平为了给父亲申冤，魂魄跑到地府去告状，但豪富恶霸已用钱把地府里的大小官吏都买通了，所以他不但告状不成，四处碰壁，而且遭受酷刑。但席方平终不屈服，最后在二郎神的明断下，得以昭冤雪恨。地狱里黑暗无天日的情形，正是现实生活的反映。

作者还以满腔的义愤控诉了封建统治者吃人的本质。如在《梦狼》中写道："窃叹天下之官虎而吏狼者，比比也，即官不为虎，而吏且将为狼；况有猛于虎者耶？"对于这般吃人的虎狼，作者的态度不是容忍、退让，而是主张作你死我活的斗争。为此，作者塑造了一系列反抗者的形象。如《席方平》中的席方平，受了那么重的刑罚，仍然斗争到底、决不妥协。冥王问他敢再讼否？他愤激地说："大冤未伸，寸心不死！""必讼！"残暴的刑罚压服不了他，千金之产也收买不了他。他这种誓死斗争到底的反抗性格，连"鬼"都为之惊讶。如果说席方平的反抗还局限于合法斗争的话，那么《向杲》中的向杲则以暴力进行复仇。他的哥哥被恶霸打死后，由于凶手向官吏广行贿赂，他有理不得伸，便怀揣利刃，埋伏于山路的荆棘中，准备伺机行刺，结果因对方戒备甚严，向杲无计可施。后有个道士授给他一个布袍，穿在身上，使他立即变成了老虎，这样，他终于在山岭下咬死了仇人。使人变虎，得以报仇雪恨，正是表现了作者的浪漫主义理想。这类作品尽管往往还对封建统治者抱有幻想，只反对坏官吏、坏人，而不反对整个封建统治阶级和封建制度，但它们毕竟反映了压迫者与被压迫者的尖锐矛盾，暴露了封建社会的腐朽和罪恶，其教育意义和战斗作用不容低估。

②揭露和抨击科举制度的弊病。蒲松龄一生既热衷于科举，又吃尽了科举制度的苦头。他说自己："年年文战垂翅归"。科举落榜，使他像个垂头丧气的鸟一样，只能垂着翅膀走回来。《叶生》、《于去恶》、《司文郎》、《僧术》、《三生》、《何仙》、《贾奉雉》等篇揭露了考场的黑暗和考官的丑恶。如《于去恶》中描写考官，不是瞎子便是财迷。《司文郎》写一个瞎和尚，能用鼻子准确无误地嗅出文章的好坏。但发榜后，他认为文章非常好的王平子榜上无名，他嗅之恶心的文章，其作者却高中金榜。气得瞎和尚也愤愤不平地说："仆虽盲于目，而不盲于鼻，帘中人并鼻盲矣！"骂那些考官连瞎子都不如，辛辣地讽刺了考官有眼无珠，不辨香臭。《贾奉雉》一篇，写书生贾奉雉，具有真才实学却屡试不第，于是闲愁无聊，想和考官开个玩笑。他把以往落榜试卷中最差、最坏的句子，连缀成文，默记在心，再去应试，结果竟然一举夺魁。他自己大惑不解，又阅底稿，觉得不堪入目，强忍读完，汗流浃背，自感羞愧，无脸见人，所以"遁迹丘山"去了。《僧术》里的黄生因为吝啬，只肯出一千钱，结果只考中了一个副员。出钱的多寡，决定着考生名次的高低。

考官不是不识货的瞎子，就是死要钱的贪官，怎么能选拔人才呢？所以作者在《叶生》中写主人公叶生"文章词赋冠绝当时"，却屡试不中，只能郁闷而死；在《三生》里，作者愤怒地谴责考官"衡文何得黜佳士而进凡庸"。其实，这不只是考官的问题，更重要的是八股取士本身就是为了笼络士人，选取只会鹦鹉学舌的庸才，作者看不到这个病根，而把责任和矛头都集中到那些考官身上去了。因此，作者解决矛盾的办法，不是要废除科举制度，而是要惩办考官。在《三生》里，他写千万个因为考不取功名而愤懑死去的士子们在阎罗面前告状诉冤，阎罗王判决对令尹、主司施笞刑，士子们嫌太轻，哗然不满，坚持要求挖眼剖心。阎罗王不得已答应了他们的请求，方才人心大快。可见作者对这些考官实在愤恨至极。

此外，作者还揭示和批判了在科举制度的毒害下，知识分子精神世界的堕落。如《仙人岛》里的王勉，目空一切，却毫无真才实学，一天到晚想的不是做官，就是捞钱，被一个十二岁的姑娘嘲笑了一番。在《苗生》里，三四个迂腐的读书人，朗读自己的文章，洋洋得意，彼此阿谀称颂，毫无自知之明。苗生高声大叫："此等文只宜向床头对婆子读耳，广众中刺刺者，可厌也！"当他们不听他的劝阻，继续朗读的时候，苗生又大吼一声，变为老虎，把他们扑杀。作者对这些只会吹牛撒谎，没有真才实学，而一心只想做官发财的知识分子，心中充满鄙视和憎恨。

③赞美和歌颂男女自由爱情。在《聊斋志异》中，以描写男女爱情的作品为最多，这些作品所表现出来的民主思想也最为突出。其代表作有《阿宝》、《瑞云》、《莲香》、《青凤》、《霍女》、《鸦头》、《连城》等篇。

在这类作品中作者塑造了不少追求自由爱情的男

性正面形象。如《阿宝》中的孙子楚，他痴情地爱着阿宝，不惜断其枝指，魂随阿宝而去，化作鹦鹉飞到阿宝的身旁。当时人们讥笑他为"孙痴"，而蒲松龄却满腔热情地歌颂他。《香玉》中的黄生在劳山下清宫中爱上了白牡丹花妖香玉，不幸花为他人移去，他日日临穴而哭吊，终于感动花神使香玉复生宫中。

作者还塑造了许多不受封建礼教束缚，敢于为自由爱情、自主婚姻而斗争的女性形象。如《鸦头》中的狐女鸦头，不顾封建家长的淫威，大胆私奔，与自己的情人一起以劳动谋生，"至百折千磨，亡死靡他"。《霍女》中的霍女，三易其夫，婚姻的主动权完全掌握在她自己手中，一点也不受封建贞节观的困扰，具有新女性的特色。在《小谢》中，作者更写了男女双方经过一段自由接触逐步萌发了爱情的故事。女鬼秋容、小谢和陶生开始只是师友相处，后来陶生因事入狱，秋容、小谢为之奔走相救，秋容被城隍祠黑判抢去，也得到陶生的搭救。他们在与黑暗势力的斗争中，彼此互助，建立了感情，最终结为夫妻。

更值得称道的是，作者还描写了不以人的外貌妍媸（音 yánchī）、门第高下，而以思想感情上的互相"知己"为基础的、符合近代爱情原则的爱情。如《瑞云》里的贺生爱上妓女瑞云，后来尽管瑞云变得"丑状类鬼"，但他仍不惜"货田倾装，买之而归"。他说："人生所重者知己，卿盛时犹能知我，我岂以衰故忘卿乎？"他坚持要娶瑞云为妻，"闻者共姗笑之，而生情益笃"。这种以思想感情上的"知己"为原则的爱情，给我国文学史上描写爱情的作品增添了新篇章。

④赞美兄弟之爱和朋友之谊。在《聊斋志异》中，这方面的代表作有《张诚》、《娇娜》、《乔女》等篇。

《张诚》写同父异母兄弟张讷与张诚之间如何患难相助，生死与共。张诚因帮助哥哥砍柴，被老虎衔去，张讷抱定"弟死，我定不生"的决心，历尽出生入死的艰辛，费时二十余年，终于找回了弟弟。作者是以"余听此事至终，涕凡数堕"的满腔激情，来赞扬这种兄弟之爱的。

歌颂朋友之谊，本是我国文学史上一个传统的主题。《聊斋志异》的独创，在于它赞美了男女之间的友谊。如《娇娜》中孔生为救娇娜，遭雷击毙；娇娜为救孔生，不顾"男女授受不亲"的封建礼教，"以舌度红丸入，又接吻而呵之"，使孔生终于苏醒过来。《乔女》中的寡妇乔女，为报孟生的"知己"之谊，在他死后，不顾世俗非议，主动承担起为他抚养幼子的责任。通过这些故事，作者表现了男女之间的纯真感情，宣传了"情之至者，鬼神可通"的思想。

此外，《聊斋志异》中有意义的篇章还有许多，如颂扬妇女才能的《颜氏》；说明求知学艺贵凝志有恒的《崂山道士》；戳穿披着美丽外衣的恶鬼的《画皮》；抨击以丑为美，埋没贤才的《罗刹海市》；表彰智勇双全、跟恶势力作斗争的《贾儿》；描写民间艺人卓越技艺的《偷桃》、《口技》等，皆属脍炙人口的名篇。即使被认为"纯为封建道德的说教"① 的《珊瑚》等篇，也有批判悍妇虐待儿媳等积极的一面。

当然，《聊斋志异》中也有一些消极、落后的思想内容。如《小二》、《素秋》、《白莲教》等诬蔑农民起义，《尸变》、《成仙》等散布荒诞的封建迷信思想，《珊瑚》、《邵女》等宣扬奴役妇女的封建道德观念，均不可取。

《聊斋志异》在艺术上的特色，主要是想象丰富、构思奇妙、情节曲折、境界瑰丽。它吸取魏晋志怪小说和唐代传奇小说的优点，加以创造发展，获得了独树一帜、别开生面的效果。

（1）对我国史传文学传统的发展。

中国小说的发展，跟史传文学的关系很密切。魏晋六朝的志怪志人小说，包括干宝的《搜神记》，在当时都是作为真实的历史记载的，直到唐宋传奇，"始有意为小说"，但仍保持史家的态度。《聊斋志异》既继承了史传文学的现实主义传统，在艺术上又有独创。其中的故事大都搜集自民间，但又不单单是客观的记录，而是有意识地加以虚构和创作。许多故事有曲折的情节，鲜明生动的人物形象，是完整的短篇小说。鲁迅说《聊斋志异》是"用传奇法而以志怪"②，实则即现实主义和浪漫主义的结合。史传文学的传统，不仅在现实主义精神方面对《聊斋志异》有

---

① 章培恒《三会本 < 聊斋志异新序 >》。
② 鲁迅《中国小说史略》。

直接的影响，在写作方法和表现形式上，《聊斋志异》也是学史传的。如每篇开头，往往先介绍人名、籍贯、年龄、身份，每篇结尾，大多有"异史氏曰"，这跟《史记》的写作及其篇末的"太史公曰"如出一辙。不过《聊斋志异》在这方面也有发展。史传上写人名、籍贯、年龄、身份，与后面的故事情节、人物性格、思想内容没有多大关系，《聊斋志异》则把这种史传的写法，服从于和服务于写小说的要求，使之成为作品思想内容和人物性格的有机组成部分。如《张鸿渐》中的张鸿渐，作品开头介绍他"永平人，年十八，为郡名士"，都不是随意写的。永平即今河北省卢龙县，在清代属直隶省，系靠近首都，属中央王朝直接管辖的地区。所以后面称张鸿渐为"钦件中人"，是皇帝亲自过问的案件，尚且蒙受不白之冤，其揭露、批判的意义，自属非同寻常。由于张鸿渐"年十八"便离家开始过逃亡生活，所以后来作者写张鸿渐不认识中了举人的儿子，一听"云是永平张姓，十八九少年也"，籍贯、姓氏相同，才引起张鸿渐的怀疑，想到自己的儿子。而这个"十八九"的年龄，又与前面介绍张逃亡时"年十八"相呼应，说明他为逃避冤狱而流亡在外已长达十八九年。"为郡名士"不仅点明了别的书生"求张为刀笔之词"的原因，而且说明那个社会的黑暗，连"郡名士"也难幸免遭受迫害。这些丝丝入扣的情节安排不同于史传文学的记录史实，而是小说家的精心设计和艺术创造。至于张鸿渐在逃亡途中得到狐仙施舜华的帮助，那就更属浪漫主义的理想和想象了。史传文学是现实主义有余，而缺乏浪漫主义色彩；一些"志怪群书"则富有变幻多姿的想象力，但荒诞不经，缺乏现实内容。《聊斋志异》则把这两方面的优点吸取了，缺点避免了，使现实主义和浪漫主义得到了比较好的结合，这是蒲松龄的一大功绩。

（2）精练传神的人物描写。

《聊斋志异》善于抓住人物的主要性格特征，反复渲染。它基本上采用传纪体，每篇着重写一人一事，精练传神地描写人物。如《席方平》着重写席方平代父申冤。他先后三次分别向城隍、郡司和冥王告状，蒙受酷刑，都是为了突出他那顽强不屈的反抗性格；他的三次告状又不是简单的重复，而是层层深入地揭露了那个社会的黑暗，在如此暗无天日的环境中坚持反抗，就更显出主人公性格的可贵。其他故事中如婴宁的天真烂漫、肆意言笑（《婴宁》）；青凤的感情缠绵，拘谨稳重（《青凤》）；孙子楚的迂腐痴讷，执著多情（《阿宝》）；都是因为突出了人物的主要性格特征而取得了生动感人的艺术效果。

《聊斋志异》中的许多人物都是由花木禽兽幻化的，作者一方面赋予它们以人的面貌和性格，一方面又巧妙地保留了这些花木禽兽原有的特征。如苗生是虎精，所以性格粗犷凶猛（《苗生》）；葛巾是牡丹精，故而遍体异香（《葛巾》）；阿纤是鼠精，便窈窕秀弱，尤善积粟（《阿纤》）。作者运用时真时幻，真幻交错的手法，不必受现实生活的客观逻辑所约束；既增加了故事情节的曲折离奇性，又使人物性格显得更加集中突出，活泼可爱。

善于运用对照、烘托的手法，也是《聊斋志异》人物描写精练传神的一个重要原因。如在《胭脂》里，胭脂的深情纯真与王氏的轻薄谐谑，鄂生的单纯腼腆与宿生的奸诈无行，皆在前后对照、彼此烘托中，使各人的性格显得栩栩如生。其他如《鸦头》中妮子与鸦头姐妹，《仙人岛》中芳云与绿云姐妹，《宦娘》中宦娘与良工，《翩翩》中翩翩与花城，《香玉》中香玉与绛雪，《阿绣》里真假阿绣，也都在相互的对照、烘托中给人留下深刻难忘的印象。

语言的简洁、传神，也是《聊斋志异》人物描写的一大特色。如《青凤》中的耿去病，作者通过写他乘青凤一家团坐喝酒时，突如其来笑呼曰："有不速之客一人来！"几分醉意后，又目注青凤，拍案大叫："得妇如此，南面王不易也！"几句话使耿生的多情和狂态跃然纸上。《梦狼》中的白甲，自言"仕途之关窍"，"黜陟之权，在上台不在百姓。上台喜，便是好官；爱百姓，何术能令上台喜也？"这不仅道出了只知巴结上司，不顾百姓死活的贪官本质，而且活现了白甲作恶多端而又自鸣得意的丑态。《聊斋志异》虽然是用文言写的，但其中也吸收了不少民间的口语、方言和俗语，给人新鲜活泼之感。

（3）奇妙的艺术想象力和引人入胜的情节。

《聊斋志异》近五百篇作品，其艺术想象力之神奇巧妙，变幻多姿，令人赞叹不已。《促织》中，成名的儿子死后竟变成一只凶狠善斗的蟋蟀。《司文郎》中的瞎和尚，竟能用鼻子闻出文章的好坏。《画皮》中恶鬼蒙着一张美女皮，诱骗坑害年轻后生。《翩翩》里的仙女，同丈夫吃着落叶变成的鸡鱼，穿着芭蕉和云彩做的衣裳。《巩仙》中道士的"袖里乾坤"中"有天地，有日月，可以娶妻生子，而又无催科之苦，人事之烦"。《晚霞》中写襟袖间会飞出"五色花朵"，《彭海秋》写天空中能飘落彩船，读着《聊斋志异》中的一个个故事，读者仿佛进入了一个个神奇瑰丽的迷幻世界。作者请神说鬼，驰骋想象，使一篇篇作品具有强烈的感染力。

情节曲折离奇，也是《聊斋志异》的一大特点。《西湖主》写陈弼散在洞庭湖中遇风翻船，上岸后误入湖郡妃子的园亭，偷窥到公主的绝代美色，不觉动情，正巧拾到公主遗落的红巾，便在上面题诗一首。前来寻找红巾的侍女见了，大惊失色，认为陈生必死无疑。谁想，公主看了诗后，毫无怒容，还送来酒食，不说杀也不言放。令人惊疑不定之时，王妃闻知此事，勃然大怒，派人持绳索，捉拿陈生。不料见了陈生，王妃却当面把公主许配给他。原来陈生曾在洞庭湖中释放一只被捕的猪婆龙，这只猪婆龙即是王妃。整个故事情节曲折，扣人心弦。《聊斋志异》中的许多主人公即是花妖狐魅，他们神通广大，变幻无穷，来去鹘突，也就造成了情节的扑朔迷离，摇曳多姿。

《聊斋志异》的思想和艺术成就，历来得到高度评价，影响很大。清光绪年间俞樾的《春在堂随笔》卷六称："蒲留仙《聊斋志异》一书，脍炙人口久矣。"陆以湉的《冷庐杂识》说："蒲氏松龄《聊斋志异》流播海内，几于家有其书。"评剧、川剧等各种地方戏，根据《聊斋志异》故事改编的剧目达四五十种之多。在《聊斋志异》影响下，清代出现了一大批文言笔记小说，其中比较著名的有：沈起凤的《谐铎》，满族和邦额的《夜谭随录》，浩歌子的《萤窗异草》，袁枚的《新齐谐》（一名《子不语》）。这些作品多模仿《聊斋志异》的形式，但却没有继承其揭露黑暗现实的批判精神，在思想和艺术上都远逊于《聊斋志异》。唯有纪昀的《阅微草堂笔记》在体制上有意和《聊斋志异》对立，影响较大。

纪昀（1724～1805年），字晓岚，一字春帆，直隶献县（今属河北）人。清中叶进士，官至礼部尚书，曾主持编纂《四库全书》、《四库全书总目提要》。《阅微草堂笔记》包括《滦阳消夏录》、《如是我闻》、《槐西杂志》、《姑妄听之》、《滦阳续录》五种，共二十四卷。作者卷首说："追录见闻，忆及即书，都无体例，小说稗官，知无关于著述，街谈巷议，或有益于劝惩。"可见作者是有意模仿魏晋六朝志怪，以"追录见闻"为内容，多写鬼怪神异故事，间杂考辨。其目的在"有益于劝惩"，而跟蒲松龄以"寄托孤愤"为创作意图不同，内容多为宣扬忠孝节义或宣传因果报应。在写作手法上，纪昀也訾议《聊斋志异》中"细微曲折，摹绘如生"的写法，而仅粗陈梗概。用鲁迅的话来说，他"立法甚严，举其体要，则在尚质黜华，追踪晋宋。"① 因此，《阅微草堂笔记》虽然不乏真知灼见，叙述也时足解颐，天趣盎然，但却终未塑造出生动感人的人物形象，其思想和艺术价值皆远不及《聊斋志异》。

---

① 鲁迅《中国小说史略》。

十 《儒林外史》 与讽刺小说

《儒林外史》以"秉持公心,指摘时弊"的批判精神,"烛幽索隐,物无遁形"的写实笔法,"戚而能谐,婉而多讽"的美学风格,异军突起,独树一帜,成为我国"说部中乃始有足称讽刺之书"。①

《儒林外史》的作者为吴敬梓。

吴敬梓(1701～1754年),字敏轩,号粒民,又自号文木,秦淮寓客,安徽全椒县人,出生于"五十年中家门鼎盛"②的世代书香之家。曾祖吴国对,是顺治戊戌探花。生父吴雯延是秀才。嗣父吴霖起是拔贡。吴敬梓13岁丧母,14岁随父吴霖起至江苏赣榆县教谕任所,20岁考取秀才,22岁时,他父亲因得罪了上司被革职,不久即郁闷致死。亲属们借口吴敬梓是嗣子,争相侵夺其家产。这一切使吴敬梓认识了世人的真面目。加上此后约有十年,他多次考举人皆不中,于是心灰意懒,借酒浇愁,他为人又好,慷慨乐施,致使家产很快变卖殆尽。33岁时,他迁居南京,直到54岁

---

① 鲁迅《中国小说史略》。
② 吴敬梓《文木山房集·移家赋》。

赴扬州访友，卒于扬州。

吴敬梓的一生，在生活上和思想上都经历了一个巨大的变化过程。在生活上，他由青年时代的挥金如土，到移家南京后的贫困不堪。他的朋友程晋芳说他穷困到"囊无一钱守，腹作千雷鸣"，"近闻典衣尽，灶突无烟青"[①]。"窘极，则以书易米。或冬日苦寒，无酒食，则邀同好……绕城堞行数十里……夜夜如是，谓之'暖足'"。[②] 在思想上，他对科举功名由羡慕和追求变为鄙弃和憎恨。他 32 岁时，安徽巡抚赵国麟举荐他赴京应"博学鸿词"科考，他以病辞，并从此不再参加科举考试。对儒家传统思想，他也由笃信变为有所批判。《儒林外史》的创作本身，便集中反映了他思想上所经历的深刻变化。

吴敬梓的作品，诗文有《文木山房集》十二卷，今存四卷，新发现集外诗文 32 篇。学术著作《诗说》七卷，已佚。足以代表他在文学创作上最高成就的是小说《儒林外史》。它大约写于 1736 年他 32 岁以后，完稿于 1750 年他 50 岁以前。有王又曾《书吴征君敏轩先生文木山房诗集后》的绝句："闲居日对钟山坐，赢得《儒林外史》详。"程晋芳作于 1748～1750 年的《怀人诗》："外史记儒林，刻画何工妍！吾为斯人悲，竟以稗说传"可以为证。

《儒林外史》的版本，程晋芳《吴敬梓传》说的

---

① 程晋芳：《勉行堂诗集》卷五。
② 程晋芳：《文木先生传》。

五十卷本，金和《跋》中提到了五十五卷本，皆已佚。今所传最早的是卧闲草堂评刻本（1830年），共五十六回，末回"幽榜"，金和指为后人妄增。1888年增补齐省堂本，六十回，其中第四十三至四十七回间有四回关于沈琼枝的故事，属后人增补。

《儒林外史》的思想核心，是抨击封建科举制度，以及由这一制度造成的种种弊端和危害。它从描写封建士大夫被扭曲的生活和精神状态入手，进而揭露封建官吏的昏聩无能、贪赃枉法，鞭笞土豪劣绅的专横暴虐、吝啬刻薄，讽刺了附庸风雅的名士们的游手好闲、卑劣虚伪，以及整个封建制度的腐朽不堪和难于救药。

1. 讽刺科举制度的腐败

科举制度是封建统治集团选拔官僚，培养奴才的主要途径。随着封建统治的日趋没落，科举制度的腐朽性也暴露无遗。吴敬梓即是科举制度的热衷者，又是它的受害者，因而对科举制度的本质认识得较为深刻。在《儒林外史》中，他不仅揭示了科举制度本身的荒谬至极，更重要的是由此引导人们去认识造成这种弊病的那整个封建统治的腐朽和黑暗。

周进和范进便是作者着力描写的深受科举制度腐蚀和毒害的典型形象。他们本是出身于下层的知识分子，却终生如痴如狂地追求科举功名。因为得不到科举功名，他们就受尽人们的轻视和凌辱；一旦得中，就跃升为骑在人民头上的老太爷。而这种科举取士，靠的并不是真才实学，而是只要善于揣摩，投其所好。

正如书中高翰林所说："'揣摩'二字，就是这举业的金针了。若是不知道揣摩，就是圣人也是不中的。"不仅考生靠揣摩，考官也靠揣摩，全无客观标准可言。如范进考了大半辈子，只因遇上年老才发的考官周进，同病相怜，一心要取他。本来看了他的文章觉得实在不行，只因可怜他"二十岁应考，到今考过二十余次"，五十四岁还是个童生，于是便"又取范进卷子来看"，这回却"发现"它是天地间之至文，没等考生的卷子交齐，即把他"填了第一名"。八股取士就是这般荒唐可笑。范进中举，几十年的梦想突然实现，结果喜出望外，疯狂失态。那发疯的状态无不使人发笑，又无不使人惨然。而当他一旦中举成了老爷，却变得十分虚伪做作、廉耻丧尽。这说明罪恶的科举制度使人的精神被戕害到了何等地步！

《儒林外史》还通过马二先生、匡超人等形象，深刻揭露科举制度如何使文人利欲熏心、精神堕落。那是个不讲品行和才学的社会，如马二先生所说："就日日讲究'言寡尤，行寡悔'，哪个给你官做？"匡超人本来是个出身贫苦、心地纯朴的青年，在马二先生对他做了一番举业至上主义的宣传后，他便费尽心机地揣摩八股文的做法，因得到知县的赏识而考取了秀才。他热衷于科举之日，便是他堕落之时。后来他完全成了吹牛撒谎、忘恩负义、不知羞耻为何物的无赖之徒。

作者的高明之处在于不是写这些人的本性如何坏，而是写出了促使他们变坏的科举制度乃至整个社会环境。

2. 揭露封建官场的黑暗

吴敬梓的时代，封建统治阶级吹嘘为"乾嘉盛世"，实际上已面临日益衰朽的局面。当权的封建官僚，不是贪得无厌的赃官污吏，就是凶残暴虐的昏官酷吏。《儒林外史》无情地揭露了他们的丑恶面目。

高要县的知县汤奉，被严贡生称颂为"汤父母为人廉静慈祥，真乃一县之福"。可是他为了让"上司访知"，赏识他的"一丝不苟，使他升迁"，便将一位来请求暂缓禁宰耕牛的回民代表活活枷死了，引起回民"一时黎众数百人，鸣锣罢市"，直闹到按察司。结果按察司与汤知县狼狈为奸，"把五个为头的回子问成奸民"，"发来本县发落"，赏了汤知县"一个脸面"，却叫人民有苦无处诉，有冤无处申。

南昌府的知府王惠，便是一个贪婪又暴虐的封建官僚。他一上任，就念念不忘"三年清知府，十万雪花银"。把衙门里剥削、压迫老百姓的"戥子声、称盘声、板子声"作为新官上任"一番振作"的"三样声息"，弄得"这些衙役百姓，一个个被他打得魂飞魄散。合城的人无一不知道太守的厉害，睡梦里也是怕的"。他还美其名曰："而今我替朝廷办事，只怕也不得不如此认真。"小说不只是揭露王惠这个人，也是揭了所谓"乾嘉盛世"的老底，有助于我们对整个封建统治腐朽反动本质的认识。

3. 批判地主豪绅的贪婪

《儒林外史》名为描写"儒林"，实际上还把批判的锋芒指向了"几千年专制政治的基础——宗法封建性的土豪劣绅、不法地主阶级"①。这又从社会基础方面进一步深化了主题。严贡生、严监生等就是作者着意刻画的地主、豪绅的形象。

严贡生与严监生是同胞兄弟，唯利是图、贪婪成性是他们共同的阶级本质。同时他们又有各自鲜明的个性和独特的典型意义。严贡生的"贪"，突出地表现为欺诈。他公然把邻居家的猪占为己有，邻居来要，竟行凶打断人家的腿。他根本没有借给别人钱，却硬向人家要利息。他以云片糕诡称是值几百两银子的药，恫吓和诈骗船家，抵赖船费；严监生的"贪"，则集中反映为悭吝，家里"钱过百斗，米烂成仓，僮仆成群，牛马成行"，可平时却舍不得多花一分钱，以至临死时说不出话了，还因为灯盏里多点了一根灯芯费油，"伸着两根指头"，迟迟"不肯断气"，直到家人灭了那根灯草，才一命归天。严监生死后，严贡生不仅霸占其二弟的家产，而且不承认赵氏为严监生的正妻，把她撵出正屋。赵氏哭到县衙喊冤，汤知县指示要族长处理，可是族长"平日最怕的是严大老官"。两位舅爷王德、王仁也怕得罪严老大，认为那是在"老虎头上扑苍蝇"。严贡生就是如此贪婪、霸道！公然以赤裸裸的金钱掠夺，代替了封建阶级罩在家庭关系上温情脉脉的面纱。

作者还塑造了为地主、豪绅效劳的盐商、衙役、名士、侠客、星相、恶棍、僧道、鸨母等一系列的人

---

① 毛泽东《湖南农民运动考察报告》。

物形象。他们为非作歹、虚伪狡诈，违情悖理、追逐名利，贪得无厌。这样一群人物给读者造成一个强烈的感觉。小说中描写的那个社会就是个魑魅魍魉的世界。世道人心衰微，社会风气腐败。在种种封建黑暗势力的统治下，广大劳动人民被逼得卖儿鬻女，难于维持最起码的生活。如同作者通过王冕所感叹的，它给人以"天下自此将大乱了"的强烈预感。

4. 控诉封建礼教的吃人本质

《儒林外史》还对封建礼教和其他一系列的封建传统观念，提出了尖锐的挑战，揭示了它们的虚伪性、荒谬性及其所面临的深刻危机，特别是控诉了封建礼教吃人的本质。

在封建社会，"孝"为"百行之首，"是做人最根本的德行，可是正如书中匡超人所叹息的："有钱的不孝父母，像我这穷人，要孝父母又不能。"说明无论有钱的或没钱的，都已经在实际上把封建孝道抛在一边了。

和尚本是积德行善的，可是吴敬梓却把和尚写成诈骗耕牛的骗子，骗到手就卖钱用，还说："这牛是他父亲变的，要多卖几两银子。"买主把牛杀了，他却公然告人家是："活杀父命。"

特别是王玉辉劝女殉节一事，更令人心惊，引人深思。王玉辉是个受封建礼教毒害极深而几乎丧失了人性的迂拙夫子。当女儿提出要以死守节时，他不但不劝阻，反而大加鼓励："我儿，你既如此，这是青史上留名的事，我难道反阻拦你？你竟是这样做吧，我今日就回家去叫你母亲来和你作别。"这分明是在催促女儿走向礼教的刑场。当他得知女儿自尽的噩耗时，竟安慰妻子说："只怕我将来不能有他这一个好题目死哩！"还仰天大笑："死的好！死的好！"可是当乡绅要设宴庆贺他女儿成为烈妇时，他则转觉伤感，拒不赴宴了。这则故事，"使人看了，觉得这种'吃人的礼教'真正是要不得的东西"，把"王玉辉的天良发现"，"拿来和前段对看，更是证明礼教是杀人不眨眼的恶魔了"。①

5. 肯定讲求德行操守的正面人物

《儒林外史》中的正面人物可以分为三类。第一类是庄绍光、迟衡山、虞育德等对儒家思想执著追求的人。他们主张恢复古代的"礼、乐、兵、农，大搞祭泰伯祠，企图借此大家习学礼乐，成就些人才，也可以助一助政教"。结果在现实中处处碰壁，落得个"风流云散"。第二类是如杜少卿那样带有某些叛逆倾向和民主思想的人物。他"品行文章是当今第一人"，巡抚荐他入京应博学鸿词科试，他竟装病不去，说："这学里秀才，未见得好似奴才。"他藐视封建礼教和世俗，酒后竟携着妻子的手同游南京清凉山，使得两边的游人都"不敢仰视"。他淡薄功名富贵，乐善好施，把卖家产的银子"大把捧出来给人家用"，自己后来贫穷到"卖文为活"，他却"布衣蔬食，心里淡然"，满足于"山水朋友之乐"。此人实即吴敬梓本人的写照。第三

---

① 钱玄同《儒林外史新叙》。

类是市井小民。如戏子鲍文卿，作者写他富有正义感、爱惜人才，品德高尚，被称为"颇多君子之行"，说那些中进士、做翰林的都不如他。全书的结尾写了四个市井奇人：写字的、卖火纸筒的、开茶馆的、做裁缝的。这和写王冕靠卖画为生，鲍文卿靠卖艺为生，杜少卿靠卖文为生一样，都突出地表现了吴敬梓的劳动谋生、自食其力的思想，反映了作者对那些"儒林"中人靠出卖灵魂来谋求地位、权力和财富的行径的鄙视。

从《儒林外史》所描写的上述思想内容和人物形象来看，吴敬梓对封建社会的揭露、批判，绝不仅局限于科举制度，而是全方位的、深刻的。但他不可能完全摆脱封建主义思想体系的羁绊，更不可能彻底地抛弃他的阶级偏见。如他对"孝"的赞扬，简直到了津津乐道的地步。他所推崇的鲍文卿的"君子之行"，包括其坚守卑贱的身份。他所歌颂的荆之等人，不仅因为他们以劳动为生，还因为他们虽是市井小民，却会弹琴、吟诗、下棋、绘画、爱读古书，有了这些和封建文人共同的文采风流，才取得了"奇人"的资格。这些都反映了封建正统的儒家思想对作者的深刻影响。

《儒林外史》在艺术上的成就也是弥足珍贵的。鲁迅在《中国小说史略》中指出：自从《儒林外史》出，"于是说部中乃始有足称讽刺之书"，而"是后亦鲜有以公心讽世之书如《儒林外史》者"。《儒林外史》的讽刺艺术在中国文学史上是无与伦比的；在世界文学史上，它比俄国最杰出的讽刺大师果戈理的作品，也要早一个世纪。

1. 卓越的讽刺艺术

《儒林外史》的讽刺艺术的最大特色，在于它把握住了"讽刺的生命是真实"。它不是罗列种种"怪现状"，而是"所写的事情是公然的，也是常见的，平时是谁都不以为奇的，而且自然是谁都毫不注意的。不过事情在那时已经是不合理，可笑、可鄙，甚而至于可恶。但这么行下来了，习惯了，虽在大庭广众之间，谁也不觉得奇怪；现在给它特别一提，就动人"①。

作家除了对生活观察得深刻，描写得真实以外，在讽刺艺术手法上的主要特点是通过一系列的对照，让事实和形象本身说话。如漂亮的言词与丑恶的行为相对照。严贡生在人前吹嘘自己"从不晓得占人寸丝半粟的便宜"，话音刚落，那有小厮来对他说："早上关的那头猪，那人来讨了，在家里吵哩。"高尚的身份与卑劣的为人相对照。马二先生身为名士，游西湖不是欣赏自然风光，而是望见好吃的东西就馋得直咽唾沫，看见皇帝题的字就连忙磕头，碰到游湖女客便低头不敢仰视，活现出一副穷酸迂腐相，人物的地位身份变化之前与之后相对照。范进中举前，他的丈人胡屠户骂他是"癞蛤蟆想吃天鹅屁！""像你这尖嘴猴腮，也该撒泡尿自己照照！"可是范进真的中了举人之后，胡屠户却又说："我每常说，我这个贤婿，才学又高，品貌又好，就是城里头那张府、周府这些老爷，也没

---

① 鲁迅《什么是讽刺》。

有我女婿这样一个体面的相貌！"喜与悲相对照。周进撞号板，自然是他长期考不中举人，受尽凌辱而悲痛欲绝的表现，可是当他一听说有个商人愿借银子给他捐个监生进场，他便立刻转哭为笑，"趴到地下就磕了几个头"，说："若得如此，便是重生父母，我周进变驴变马，也要报效！"由哭到笑的急剧转变，把周进那醉心于科举的灵魂刻画得可笑而又可悲。再就是对同一件事前后矛盾行为的对照。范进母亲过世，范进遵制丁忧，偏巧汤知县请范进吃饭。范进见桌上摆的是银镶杯箸，便不举杯箸，换了碗杯，象牙箸也不肯用膳，直至换了一双白颜色竹筷来，才肯举动。知县想他居丧如此尽礼，恐他不吃荤酒，正在疑惑，却见范进在燕窝碗里拣了一个大虾元子送进嘴里。这就惟妙惟肖地揭露了范进居丧尽礼的虚伪性。《儒林外史》的讽刺极有分寸，有时随着人物社会地位和思想品质的变化而采取不同态度。范进中举前，作者对他的讽刺中含有同情。而在范进中举后做了官，变得恶劣了，作者对他的讽刺就十分辛辣。尤其值得赞赏的是，作者的讽刺矛头不是攻击人而是直接指向社会制度本身。如作品讽刺王玉辉的迂腐，矛头却是批判吃人的封建礼教。

总之，悲喜交融，冷峻深沉，蕴藉含蓄，这些都是《儒林外史》讽刺艺术的特色和高超之处。

2. 精彩的细节描写

《儒林外史》不是以长篇连贯、曲折复杂的故事情节取胜，而是以一个个如珍珠、钻石那样精彩纷呈的细节描写见长。如范进中举发疯，范母喜而猝死，范举人吃虾肉元子，严贡生装病闹船家，马二先生游西湖，娄公子捐金访杨执中，侠客张铁臂虚设人头会，中浦郎发阴私被打，徽州府烈女殉夫，来宾楼灯花惊梦，等等这些细节既是来自生活真实，又经过作家的加工提炼，读后无不给人留下深刻难忘的印象。

这些细节的精彩之处，在于它能由小见大。例如作者选用撞号板这个细节，就把周进这个人物一生积压在胸中的所有悲苦和辛酸，屈辱和绝望之情全部倾吐出来了。他不但撞，而且一头撞上去就直僵僵地不省人事。科举制度就是这样几乎要逼死人命。这个细节，使人们深刻认识到了人物全部的内心矛盾。

小说细节的精彩之处，还在于能以形传神，如严监生伸出两个指头不肯断气，别人都猜不透他的用意，独有他的妻子赵氏说："我能知道你的心事。你是为那盏灯里点的两茎灯草，不放心，恐费了油。我如今挑掉一茎就是了。""说罢，忙走去挑掉一茎。众人看严监生时点一点头，把手垂下，登时就没了气。"这个细节，把严监生那贪婪、悭吝、卑劣的灵魂刻画得淋漓尽致、栩栩如生！

3. 纯正的语言艺术

《儒林外史》的白话语言达到了炉火纯青的地步。它既能充分吸收群众的口语，又能去粗取精，淘汰其过分粗俗的方言土语和松散的语句，显得既生动活泼，又精练传神，雅而不俗。如第十四回写有个差人说道：

　　这个正合着"满天讨价，就地还钱！"我说二三百两银子，你就说二三十两！"戴着斗笠亲嘴，差着一帽子！"怪不得人说你们"诗云子曰"的人难说话！这样看来，你好像"老鼠尾巴上害疖子，出脓也不多！"倒是我多事，不该来惹这"婆子口舌！"

　　这段话中夹用了四五个谚语、歇后语，不仅显得生动、贴切，而且活现了说话的差人那种贪婪无比和伶牙俐齿的性格。

　　《儒林外史》还继承和发扬了我国古代语言精练、朴实、准确、传神的传统，往往三言两语，就使人物"穷形尽相"。如第四十七回写虞华轩假装要买田，特地叫小厮搬出许多元宝来给专做中人的成老爹看，作者不用介绍成老爹如何贪婪心动，信以为真，只写"那元宝在桌上乱滚，成老爹的眼珠就跟着元宝滚"，把成老爹的性格和形象表现得惟妙惟肖、神态活现。再如第二回写夏总甲："两只红眼边，一副锅铁脸，几根黄胡子，歪戴着瓦楞帽，身上青布衣服如油篓一般，手里拿着一根赶驴的鞭子，走进门来，和众人拱一拱手，一屁股就坐在上席。"活画出一个自高自大的小土豪形象。

　　《儒林外史》的语言看似平淡无奇，实则情浓意深。如第十一回写杨执中的儿子杨老六："虽是蠢，又是酒后，但听见娄府，也就不敢胡闹了。"娄府是当地的地主豪绅，书中并没有写娄府如何横行霸道，但从一个醉酒的蠢人一听说娄府就不敢胡闹的描写中，那豪绅的权势和气焰即使一字未写，也已能够想见。这种含意隽永、言简意赅的语言，完全表现了文人作家的创作特色。

4. 短篇连环的艺术结构

鲁迅在《中国小说史略》中指出："惟全书无主干。仅驱使各种人物，行列出来，事与其来俱起，亦与其去俱讫，虽云长篇，颇同短制；但如集诸碎锦，合为帖子，虽非巨幅，而时见珍异，因亦娱心，使人刮目矣。"其对《儒林外史》艺术结构的评说，颇为公允。

这种结构的优点，能够灵活自由地反映广阔的社会生活，描写众多的各种各样的人物。《儒林外史》在我们面前展现了一幅幅不同色彩的生活画面，犹如长江后浪推前浪，既彼此连贯，又各不相同。它既不同于《三国演义》、《水浒传》的首尾贯通，又有别于《三言》、《二拍》的每篇自成起讫，而是结合了长篇与短篇的各自长处，形成短篇连环的独特艺术构思。小说在形式上并无贯穿全书的主人公，但每一个人的故事起讫一环连着一环，有着内在的关联。

但这种艺术构架也有自身的不足，这就是鲁迅先生所指出的"全书无主干"，它反映了作者对繁杂的生活现象和众多的人物加以集中概括和典型化还不够。

《儒林外史》以其高度的思想和艺术成就，在文学史上产生了很大影响，它奠定了我国古典讽刺小说的基础，为以后讽刺小说的发展开辟了广阔的道路。在

它的影响下，出现了一批讽世小说，其中，《镜花缘》
是最具特色的一部。

《镜花缘》的作者李汝珍（1763？～1830年），字
松石，直隶大兴（今北京市大兴县）人，长期寓居海
州（今江苏连云港市），博学多能，尤精音韵学，著有
《李氏音鉴》。一生不达，以治学著述自遣；《镜花缘》
是他晚年以二十年三易稿而成。原拟写二百回，仅完
成一百回。主要写唐敖、林之洋、多九公出海经商，
游历海外诸国，以及唐小山等才女的故事。

《镜花缘》的可贵之处，首先在于它讽刺男尊女卑
的封建世俗，突出歌颂妇女的才能，抬高妇女的社会
地位。封建阶级主张"女子无才便是德"，而作者却把
众多女子的才能和学问写得高出于男子。多九公想以
《易经》难倒女子，结果却被两个小姑娘问得"急的满
面青红，恨无地缝可钻"。作者希望"无论穷富，都以
才学高的为贵，不读书的为贱。就是女人，也是这样。
到了年纪略大，有了才名，方有人求亲，若无才学，
就是生在大户人家，也无人同他配婚"。这显然跟以富
为贵的封建门第等级观念相对立。作者为争取男女平
等地位，还特地写了个女儿国，把中国封建社会所给
予女子的一切压迫，全部反过来加予男子。林之洋走
到这个国家，被女皇看中了，要选他做皇妃，于是便
给他穿耳、缠足、穿裙、梳髻、搽粉、点红嘴唇、戴
手镯，一切皆作女人的打扮。最可怕的是穿耳、缠足，
弄得林之洋"喊叫连声"，只觉脚上如炭火烧的一般，
阵阵疼痛，不觉一阵心酸，放声大哭道："坑死俺了！"

这实际上是以其人之道还治其人之身，以女尊男卑的种种不合理和极端痛苦，来对封建社会男尊女卑的怪现象加以揭露和嘲讽。在君子国，作者则正面提出"好让不争"，反对妇女缠足，反对算命合婚等理想。作品对武则天开办妇女科举考试，更是赞颂为亘古未有的"旷典"。

其次，作者还对当时社会上的种种封建陋习，作了多方面的讽刺和批判。如借"无肠国"，揭露富人的为富不仁，富人将粪便供奴婢吃，还"不能吃饱，并且三次四次之粪，还令吃而再吃"。"日日如此，再将各事极力刻薄，如何之富？"借"毛民国"人因一毛不拔，以致长了一身长毛，来揭露那些吝啬成性的人；借"小人国"人身长不满一尺，来讽刺那些专说假话的小人；借"淑士国"人满口之乎者也，来谴责儒生的"假作斯文"；借"翼民国"人爱戴高帽子，以致头长五尺，来讥笑那些爱奉承者；借"结胸国"人"每日吃了就睡，睡了又吃，饮食不能消化，渐渐变成积痞，所以胸前高起一块"，来嘲笑好吃懒做的剥削者；借"长臂国"人想把一切据为己有，久而久之把手臂弄长了，以批判那些自私自利之徒。这些国家的名称和事迹虽然大多取自《山海经》，但经过作者的夸张、烘托和渲染，具有丰富的现实意义和生动的文学趣味。

在艺术手法上，《镜花缘》也有新的创造。如许乔林在该书的序言中说它"语近滑稽，而意重劝善"，"正不入腐，奇不入幻，另具一副手眼，另出一种笔墨"。它的语言风格很有滑稽喜剧的味道。如多九公被两个才女问得汗如雨下，却狡辩说是因为天热；好戴高帽的人，就变成有五尺之长的长头。这些都令人感到非常滑稽可笑，令人感到讽刺揭露得极为痛快。小说写的是海外奇谈，而影射的却是放大或扭曲了的社会现实。《镜花缘》既不同于《儒林外史》那种严格的现实主义，又不像《西游记》那样完全写浪漫主义的幻想世界，将对现实的讽刺批判富于离奇的情境之中，所谓"正不入腐，奇不入幻"，盖即指此。

《镜花缘》的主要不足是在思想内容上比较肤浅，只是讽刺、揭露一些社会现象，而未能触及到本质。如反对假斯文，却不反对造成假斯文的八股取士科举制度；主张男女平等，女子也可参加科举考试，但却不让女子中举后跟男子一样参政；武则天想当皇帝，被写成是天魔下界，"错乱阴阳"，"扰乱唐室"；男女走在同一条街上，还要分左右走，"目不斜视，俯首而行"。在艺术上，作品缺乏鲜明的人物形象，结构松散，故事与故事之间缺乏有机的联系。作者受乾嘉学风的影响，往往用大量的篇幅炫耀自己的博学。如第六十九至九十三回共用二十四回的篇幅，只写一百位才女两天的欢宴，尽讲些古代的游戏、灯谜、酒令、笑话之类，令人不堪卒读。作者在该书的结尾，说他"以文为戏，年复一年，编出这《镜花缘》"。可见作者是抱着游戏的态度来写这部小说的；艺术观上的这种偏颇也使他在作品中必然写进大量毫无意义的游戏文字。

　　除了《镜花缘》外，还有刘璋的《斩鬼传》（又题《钟馗提鬼传》）十回，写钟馗专剿世间各种恶鬼的故事。无名氏的《济颠大师醉菩提全传》二十回，写济公活佛惩顽除暴的故事。皆属以离奇荒诞的情节，诙谐滑稽的风格，侧重于揭露和嘲笑的讽世小说。夏敬渠（1705～1787年）的《野叟曝言》一百五十四回，属"野老无事，曝日清谈"。① 屠绅（1744～1801年）的《蟫史》二十回，开篇自称"海隅之行；若有所得，辄就见闻传闻之异辞，汇为一编"。鲁迅把它们皆列为"清之以小说见才学者"，"意即夸诞，文复无味，殊不足以称艺文"。② 《儒林外史》还对近代的谴责小说以直接的巨大的影响。

---

① 《野叟曝言·凡例》。
② 鲁迅《中国小说史略》。

十一　古代小说的最高成就：《红楼梦》

　　《红楼梦》是我国古典小说中的一部最优秀的现实主义巨著，是曹雪芹留给后世的一件宝贵的艺术珍品。

　　曹雪芹（约 1715？～约 1764？年），名霑，字梦阮，号雪芹，又号芹圃、芹溪、芹溪居士等。他是把我国古典小说的思想和艺术推上最高峰的伟大作家。相传他只传下《红楼梦》的前八十回本，后四十回，一般认为是高鹗续成的。也有人认为高鹗只是把当时流传的续稿整理补订而已。

　　曹雪芹的先世是汉人，但很早被编入满洲正白旗，成为内务府的"包衣"（即奴才）。曹家是一个与皇族关系密切的官僚地主之家。曹雪芹的曾祖曹玺，祖父曹寅，父辈曹颙、曹頫，相继做了 65 年的江宁织造，负责掌管宫廷所需各种织物的织造、采购和供应等任务。他的曾祖母是康熙的奶妈，祖父曹寅是康熙的侍读。康熙六次南巡，有五次都是以曹玺、曹寅的江宁织造署为行宫。可见当时曹家地位之显赫以及与康熙关系之密切。

在曹雪芹童年的时候，雍正六年（1728 年），皇帝罢免了曹頫所任江宁织造的官职，并派人抄没其家财。据载，当时被抄没的家产，有"住房十三处，共计四百八十三间；地八处，共十九顷零六十七亩；家人大小男女共一百一十四口……又家人供出外有所欠曹頫银连本利共计三万二千余两。"① 从此以后，曹家就衰落了，并由南京迁回北京居住。

曹家由盛到衰的急剧变化，给《红楼梦》创作提供了深厚的生活基础。

曹雪芹的祖父曹寅是个有名的文学家和藏书家，著有诗词、戏曲，今有《楝亭诗钞》传世。《全唐诗》、《佩文韵府》就是他祖父奉旨主持刻印的。他家藏书甚丰，据《楝亭书目》载，曹家藏书十余万卷，精本即有 3287 种，而且，江南一带名人雅士经常云集曹家吟咏题赋，因此，使曹雪芹从小就受到良好的文化教养和文学熏陶。

关于曹雪芹的生平资料甚少。他生于曹家由盛到衰的急剧变化之际，这给他的生活道路和思想性格以决定性的影响。敦敏的《赠芹圃》诗称："燕市狂歌悲遇合，秦淮风月忆繁华。新愁旧恨知多少，一醉酕醄白眼斜。"他把"新愁旧恨"寄托于诗画等文艺创作上。敦诚的《寄怀曹雪芹霑》诗把他比作李贺："爱君诗笔有奇气，直追昌谷破篱樊。"敦敏的《题芹圃画石》诗称他："傲骨如君世已奇，嶙峋更见此支离。醉

---

① 《关于江宁织造曹家的档案史料》。

余奋扫如椽笔，写出胸中块磊时。"乾隆甲戌（1754年）本《脂砚斋重评石头记》第一回已有"曹雪芹于悼红轩中披阅十载，增删五次"的话，可见他30岁左右即开始写作《红楼梦》。他40岁左右迁居北京西郊，生活更为贫困，经常"举家食粥酒常赊"①，要靠"卖画钱来付酒家"②。生活的折磨，加上独子夭亡，使他感伤成疾，终于在乾隆二十八年癸未除夕（1764年2月1日）或乾隆二十七年壬午除夕（1763年2月12日）去世，留下一个续娶的新妇和一部未完稿的《红楼梦》。

乾隆五十六年（1791年），程伟元、高鹗第一次以活字排印出版一百二十回的《红楼梦》。据清诗人张向陶《船山诗钞·赠高兰墅同年》一诗自注，后四十回是高鹗续补。高鹗，字兰墅，别号"红楼外史"，汉军镶黄旗人，乾隆六十年（1795年）中进士，做过翰林院侍读、刑科给事郎中等官。后四十回，在思想和艺术上皆比前八十回逊色，其中宝玉中举和出家成佛被封文妙真人，以及贾府复兴、兰桂齐芳等描写，更明显地背离了原作的精神。但后四十回根据原书线索，把宝、黛、钗的爱情婚姻写成悲剧结局，使小说成为一部完整的文学巨著，并且其中有些章节也写得相当精彩。因此对续作者的功绩，也应予以肯定。

《红楼梦》的版本分两个系统。一是手抄本，题名

---

① 见敦诚《四松堂集·赠曹芹圃》。
② 见敦敏《懋斋诗钞·赠芹圃》。

为《石头记》。曹雪芹在世时传下的有三种：《脂砚斋重评石头记》，即乾隆甲戌（1754 年）本，只残有前八十回中的十六回；乾隆己卯（1759 年）本，残存前八十回中的四十一回；乾隆庚辰（1760 年）本，前八十回中只缺六十四、六十七两回，是现存早期最完整的《石头记》抄本。此外，还有戚蓼生序本，《乾隆抄本白二十回红楼梦稿》，蒙古王府本，乾隆甲辰（1784 年）梦觉主人序本，乾隆己酉（1789 年）舒元炜序本，俄国彼得格勒藏本等。二是一百二十回铅印本。主要有两种，即乾隆辛亥（1791 年）程伟元初排活字本（简称程甲本），乾隆壬子（1792 年）程伟元再排活字本（简称程乙本）。两种本子印刷时间只相差两个多月，而改动的文字竟多达 21506 字，还不包括移动位置的文字在内。新中国成立后，人民文学出版社出版的《红楼梦》1982 年以前的版本是根据程乙本校勘的，1982 年 3 月出版的中国艺术研究院红楼梦研究所校注本，是以庚辰本为底本进行校勘的，为目前通行的较好版本。

《红楼梦》以贾家这个封建家族衰亡过程为描写中心，以贾宝玉叛逆性格的成长及其与黛玉、宝钗爱情婚姻悲剧为基本线索，以封建主义卫道者和具有初步民主主义思想的叛逆者之间的矛盾斗争为主要矛盾，展示了封建社会末期的广阔场景，对封建社会全部的上层建筑——官僚制度、科举制度、婚姻制度、宗法制度、奴婢制度、文化教育制度和封建伦理道德等，皆作了颇为深刻的批判。同时，热烈歌颂了反映新兴社会势力要求的叛逆者的叛逆精神，赞美了他们所表现的初步民主主义思想——渴望摆脱封建势力的束缚，对个性自由、个性解放的强烈追求，基于共同的进步思想、情投意合的爱情原则，比较平等合理的人际关系等，从而，揭示出"死而不僵"的古老的封建制度必然衰亡的历史命运。

《红楼梦》对封建社会的全面批判，主要表现在以下四个方面。

1. 政治上的黑暗与腐败

《红楼梦》揭露批判的矛头直接触及到了整个封建政治腐朽黑暗的本质。如第四回写薛蟠打死冯渊这一人命案。府官贾雨村本要发签捉拿凶犯，只因听说"薛家系金陵一霸，倚仗财势"，又与贾、史、王诸大官僚地主家联络有亲，"倘若不知，一时触犯了这样的人家，不但官爵，只怕连性命还保不成呢"，所以，雨村便徇情枉法，胡乱判断了此案。凶犯薛蟠则把人命官司"视为儿戏，自谓花上几个钱，没有不了的"。可见，这一罪恶不只是贾雨村和薛蟠个人造成的，其真正的根源，在于封建政权的本质就是为大地主阶级利益效劳的。在这个黑暗和腐败的封建制度下，像冯渊这样的下层人物，固然被弄得家破人亡，即使像贾元春那样贵为皇妃，在精神上也充满着痛苦。她把皇宫诅咒成"不得见人的去处"，埋怨"怎奈皇家规范，违错不得"。贾宝玉、贾探春这样一些公子、小姐，同样也有着无限的苦恼。如贾宝玉说："可恨我为什么生在这侯门公府之家？……'富贵'二字，真正把人荼毒了!"贾探春说:"倒不如小人家,虽然寒素些,倒是天天娘儿们欢天喜地,大家快乐。我们这样人家,人都看着我们不知千金万金,殊不知这里说不出的烦难,更利害。"确实,这个诗礼簪缨之家,人与人之间充满了种种矛盾。贾环要用热油烫瞎宝玉的眼睛;邢夫人憎恶凤姐,凤姐则愚弄邢夫人;凤姐与贾琏同床异梦,各存私心,各有私情;金桂千方百计谋害香菱;凤姐用尽心机治死尤二姐;赵姨娘买通马道婆,几置凤姐、宝玉于死地等。就是那些竭力维护封建统治的封建正统人物,如贾母、贾政、王熙凤、薛宝钗等人,他们又能落得什么好下场呢?被抄家的抄家,死的死,散的散,守活寡的守活寡。这里作者向人们揭示的不是某个人的罪孽,而是整个封建制度在折磨人、坑害人、吃人!尽管作者不可能有推翻整个封建统治的自觉意识,但由于他对封建制度的黑暗与腐败的深刻揭露,事实上说明封建社会已到了"运终数尽、不可挽回"的地步。

2. 经济上的奢侈和衰败

小说通过宁国府秦可卿去世、荣国府贾元春省亲两件事的描写,触目惊心地表现了荣宁二府挥金如土的腐朽生活。秦可卿去世,贾珍为了使丧礼风光些,现赶着花一千两银子为儿子买了个"五品龙禁尉"的官衔,一口棺木也花了千两银子。出殡那天,单是大小车辆,就不下百余乘,各种仪仗陈设,接连摆了三四里路。荣国府贾元春恩准回家省亲,贾家特别营造了三里半的"省亲别墅"——大观园。园内亭台楼阁，山水花竹，珍禽异兽，一应俱全，各处院落屋宇，还陈设了大量的古董玩器，贾家专为采买演戏的女童及各种服装道具，就花了三万两银子。贾元春归省的那天夜晚，大观园张灯结彩，香烟缭绕，"真是琉璃世界，珠玉乾坤"。一次，贾母叫刘姥姥尝尝她家的茄子，刘姥姥吃在嘴里大异其味，因笑道："别哄我了，茄子有了这个味儿了，我们也不用种粮食，只种茄子了。"原来那是把茄子剥皮切成碎丁儿，"用鸡油炸了，再用鸡肉脯子，合香菌、新笋、蘑菇、五香豆腐干、各色干果子，都切成丁儿，拿鸡汤煨干，将香油一收，外加糟油一拌，盛在瓷罐里封严，要吃时拿出来用炒的鸡爪一拌就是了"。难怪"刘姥姥听了，摇头吐舌说道：'我的佛祖，倒得十来只鸡来配他，怪道这个味儿！'"。贾府如此穷奢极欲，财富从何而来？《红楼梦》第五十三回写到黑山村的庄头乌进孝在灾荒之年交给宁国府贾珍的一张地租单上有粮食、银子及其他各种什物，数量大、品种多。然而贾珍看了却说："我算定你至少也有五千银子来，这够做什么的。""不和你们要，找谁去！"宁国府至少有八九个庄子，荣国府的庄子比宁国府"多着几倍"。其地租剥削之重可想而知。作者还把贾府的穷奢极欲，与农民的生活贫困加以对照，写贾府吃一顿螃蟹，竟花了二十多两银子。生活在农村的刘姥姥惊讶地说："这一顿的银子，够我们庄稼人过一年了。"生活上的奢侈浪费，造成经济上的日益空虚。如当家的凤姐所说，"咱们一日难似一日，外面还是这样讲究"，"出去的多，进来的少，总绕不过弯儿来"，到后来连贾母吃的红稻米都供应不上了。经济上的奢侈和空虚，又必然加剧阶级矛盾和统治阶级内部矛盾。如书中提到所谓"盗贼蜂起"，以及贾探春所说的："一个个像乌鸡眼似的，恨不得你吃了我，我吃了你!"终于贾家被抄，不可一世的贾府败落崩溃，"落了片茫茫大雪真干净"。

3. 道德上的腐化与堕落

剥削阶级的腐化堕落已经严重到使整个阶级腐烂，后继无人的地步。如同书中冷子兴所说："安富尊荣的尽多，运筹谋划者无一"。使本来以男子为中心的封建统治，不得不依靠贾母、凤姐等女人来主持家政，而男人的荒淫无耻，已全然不顾自己祖宗定下的种种虚伪的道德纲纪，国法家规，把一切遮羞布都撕掉了。已经儿孙一大群的贾赦，要娶贾母的丫头鸳鸯作妾，其妻邢夫人竟找凤姐设法促成。鸳鸯不从贾赦就公开威胁说："我要他不来，以后谁敢收他! ……凭他嫁到谁家，也难出我的手心，除非他死了!"后来只好由贾母给贾赦买了个十几岁的丫头作妾了事。不仅老一辈的贾赦是个色鬼，年轻一辈的贾琏，再小一辈的贾蓉，都是好色之徒。贾赦要娶鸳鸯是妻子给丈夫做媒，老祖宗出钱给儿子买妾。贾琏私娶尤二姐，是侄儿给叔叔做媒，而侄儿的用意又是"趁贾琏不在时，好去鬼混之意"。他们母子、夫妇、叔侄就是这样相互勾结、淫乱作恶，把封建的伦理道德置之度外。

4. 统治思想的腐朽与瓦解

随着封建统治阶级的没落，封建统治思想已经失去了征服人心的力量，因此贾政教育子女，只能靠野蛮的打骂。一回，贾环向贾政告发了贾宝玉的"越轨"行为。贾政气得亲自拿板子狠命地毒打，直把贾宝玉打得死去活来。别人劝他，他反要拿绳子勒死贾宝玉，并且冷酷地说："不如赶今日结果了他的狗命，以绝将来之患！""大观园试才题对额"，贾政和他身边的众清客们头脑愚蠢，思想僵化，知识迂腐，面对宝玉才华横溢，见解清新的题词和议论，贾政心里欣赏，为维护做父亲的尊严，却无理地辱骂他是"畜生"、"蠢物"。家庭教育是如此专横、僵化，学校教育则如第九回"顽童闹学堂"所描绘的，从内容到风气都腐朽败坏，乌烟瘴气。用薛宝钗的话来说："男人读书的明理，辅国治民，这便好了。只是如今并不听见这样的人，读了书倒更坏了。"封建的忠孝节义，只能培养出一批批庸才、奴才乃至不肖之徒。封建思想的统治地位面临瓦解和破产，是封建社会走向衰落的必然表现。

以上四个方面说明了：《红楼梦》以其空前未有的广泛性和深刻性，成为人们认识中国封建社会的一部最好的"百科全书"。

《红楼梦》的思想内容，不仅是宣告封建社会必然灭亡的判决书，而且是对叛逆者、反抗者和美好理想的颂歌。贾宝玉与林黛玉和薛宝钗的爱情、婚姻悲剧，是《红楼梦》描写的中心故事。贾宝玉和林黛玉这一对叛逆者的形象，以及他们对爱情自由、个性自由和平等的人生理想的执著追求，是《红楼梦》所歌颂的主要对象。宝黛爱情所蕴含着的理想成分，与以前历代小说作品中所描写的爱情迥然有别。

1. 他们所追求的爱情和婚姻幸福的标准，不是郎才女貌，夫贵妻荣，而是共同反封建的思想意识和人生道路

《西厢记》中的张生和崔莺莺之所以相爱，乃因"她有德言工貌，小生有温良恭俭"。《红楼梦》中薛宝钗的"德言工貌"远胜过林黛玉，而贾宝玉不爱薛宝钗，却笃爱林黛玉，其根本原因就在于薛宝钗信奉封建主义的思想道德观念，并规劝贾宝玉走封建的人生道路，对此，贾宝玉斥责为"说混帐话"；"而林妹妹不说这样的混帐话，若说这话，我也和他生分了"。他们的爱情正是建立在共同反对封建思想基础之上的。

2. 他们在爱情方式上，不是一见钟情，而是经过了长期的相互了解

在"大观园"中，宝黛青梅竹马、两小无猜，共同成长到青年时代。他们交往密切，彼此体会到生活态度的一致，共同的思想倾向，相投的性格情趣，使他们产生了真挚的爱情。这种爱情，不只属于当时，也属于未来。

3. 他们相爱的目的，不是"偷香窃玉"，求得个人性欲的满足，而是为了实现一种与封建道路相悖的人生理想

林黛玉追求的是"质本洁来还洁去，强于污淖陷渠沟"。她宁为玉碎，不为瓦全。一旦爱情和人生理想不能实现，她即以自己的生命向那人吃人的封建社会发出了最后的抗议。尽管林黛玉已死，贾宝玉已经跟

薛宝钗成婚，但因为人生理想不能实现，他最后还是以出家表示了与封建大家庭的决裂。

4. 他们这种自由爱情的对立面，既不是薛宝钗，也不是某个封建家长，而是封建统治阶级的根本利益

因此，《西厢记》和《牡丹亭》中的封建家长，在男方考中状元，走"夫贵妻荣"的封建道路的前提下，皆可成全子女婚姻自主的要求，而《红楼梦》中的封建家长则不能这样做。其根本原因就在于宝黛爱情的思想基础与维护封建统治的根本利益发生了尖锐的冲突，贾府的统治者后继无人，唯一的希望，只有通过贾宝玉与薛宝钗成婚，才有可能既迫使贾宝玉从叛逆的道路上"改邪归正"，又使薛宝钗名正言顺地充当凤姐的接班人，达到继续支撑贾府这个封建大家庭的目的。

因此，贾宝玉、林黛玉与封建统治势力的矛盾冲突，已经远远超出了爱情婚姻的范围。它实质上反映了初步的民主思想与顽固的封建主义思想的尖锐冲突。贾宝玉与林黛玉、薛宝钗的爱情和婚姻悲剧，实质上反映了封建社会必然没落的人生悲剧、社会历史悲剧。

《红楼梦》在思想上也有局限性，主要表现为作者一方面对封建制度的罪恶作了全面、深刻的揭露，另一方面对封建的君权、亲权及"四书"等，又存有一定的尊重和保留；一方面认识到封建统治的罪恶和腐朽，另一方面又由于找不到新的出路，而书中流露出感伤、悲观、消极、虚无乃至色空等不健康的思想情绪。

《红楼梦》的伟大和可贵，更在于它非凡的思想性是和卓越的艺术性结合在一起的。如鲁迅所说："自有《红楼梦》出来以后，传统的思想和写法都打破了。"①《红楼梦》把我国古代的小说艺术推进到一个崭新的境界。其主要表现于以下几点。

（1）在人物形象的塑造上，《红楼梦》打破了类型化等传统写法，写出了典型环境中的典型人物

《红楼梦》以前的作品，虽然塑造了许多不朽的艺术形象，但总是存在人物性格较为单一固定等类型化的痕迹。

如刘备的"仁"，诸葛亮的"智"，曹操的"奸"，宋江的"忠"，李逵的"莽"，西门庆的"淫"，潘金莲的"泼"等。曹雪芹却成功地写出了人物性格形成的必然性，人物性格的丰富性、复杂性，是以堪称典型环境中的典型人物。以林黛玉和崔莺莺、杜丽娘相比，崔莺莺和杜丽娘只受着一种压迫，这就是封建礼教的压迫；只有一种情欲，这就是对自由爱情的热烈追求；只有一种性格，那就是青春正在觉醒的封建贵族小姐的性格。林黛玉的形象比崔莺莺、杜丽娘要丰富、复杂多了。林黛玉不仅受着封建礼教的压迫，而且在她的身上集中了许多不幸。诸如父母早逝、寄人篱下、身患疾病；因为不愿去讨得周围人的欢心而陷于孤独；热烈地追求自由爱情，而又不能完全摆脱封建意识对自己的心灵的困扰。她所追求的不只是爱情

①　鲁迅《中国小说的历史的变迁》。

自由，更重要的是个性的自由、人格的平等。用她自己的话来说："我为的是我的心！"她"癖性喜洁"，反对的不只是封建婚姻制度，更重要的，她厌恶那整个的污浊社会，向往着一种新的美好的社会人生。不但对爱情无比地执著和痴心，而且有着极为丰富和复杂的表现。如她心直口快，"说出一句话来，比刀子还尖"；她既孤高自许，爱刻薄人，又十分温柔多情，淳朴憨厚。薛宝钗只是对她表示了一点关心，她马上就消除成见，诚恳地向她表示："往日竟是我错了，实在误到如今"；她还是个聪明、博学的女诗人，然而她的主要性格特征，即是对人生理想的执著追求，尽管"一年三百六十日，风刀霜剑严相逼"的社会环境所强加在她感情上的极端辛酸和悲苦已经快要压倒了她，但她也不愿像崔莺莺、杜丽娘那样，只要实现婚姻自主，即可向封建家长妥协。爱情自由只是她人生理想的一部分，即使是最重要的一部分，她也不愿向封建势力屈服而苟且求得。由此可见，《红楼梦》的人物形象塑造，不是着眼于人物的某一方面的性格特征，而是使人物形象具有多方面、多角度、多层次的立体真实感。这部小说所创造的不少形象既寄寓着某种普遍的典型性和深刻性，又闪耀着独一无二的鲜明性与生动性。王熙凤的身上既集中体现了封建统治阶级的某些本质特征：如心狠手辣、弄权仗势、勾结官府、草菅人命；同时，作者也写了这个精明女人异乎寻常的才干和作为女人受封建夫权欺压的种种不幸。王熙凤在协理宁国府时，采取严刑峻法，加强对奴仆的管理，把诸事安排得井井有条，颇似"治世之能臣"。然而，她的所作所为，又都充分地王熙凤化，具有鲜明的个性特征而与其他人不同。她在元宵夜宴上"数贫嘴"，逗得全场的人笑痛了肚子，这些话威而不露，戏而不谑，真正只有她这个管家媳妇才能说得出，切合了当夜贾母和在场人的亲戚关系，显示了她专擅揣摸贾府最高统治者心思的本领。她的管理才干既不同于秦可卿，也有别于贾探春，她是雷厉风行、恩威并重。在毒设相思局、计赚尤二姐中，更见出她的伪诈、精细、狠毒，而她面对贾琏的荒淫，却慑于封建夫权，而无可奈何不敢轻举妄动。王熙凤性格被刻画得极为真实丰满，是小说中最成功的人物形象之一。

《红楼梦》还善于通过环境描写刻画人物性格。如通过景物描写，或是衬托人物的性格，或是象征人物的气质。林黛玉住的潇湘馆是"翠竹夹路"、"苍苔满地"，垂地的湘帘、巧舌的鹦鹉，悄无人声的绣房和透出幽香的碧纱窗，都蕴含着这个孤女的幽怨和悲哀，很好地衬托了林黛玉孤芳自赏的品格。探春房中摆着大案、大鼎、大盘、宝砚，墙上挂着"烟雨图"，显得处处爽朗开阔，表现了主人不同于一般贵族小姐的生活情趣和性格特征。《红楼梦》在心理描写上，更是细腻传神，注意挖掘人物复杂的内心世界。小说第二十三回"牡丹亭艳曲警芳心"，写林黛玉听到《牡丹亭》中一段唱词，联系到自己寄人篱下的身世，由点头自叹到如痴如醉，最后不禁心痛神驰，眼中落泪。这一复杂的心理变化过程，仿佛让读者能触摸到林黛玉那多愁善感而又孤芳自傲的动人形象。

《红楼梦》既继承了《三国演义》、《水浒传》、《西游记》等小说塑造典型形象的理想主义和英雄主义的民族传统，又吸取了《金瓶梅》对日常生活精雕细刻的现实主义写作方法，把我国古典小说的人物塑造推进了一个既高度民族化，又深刻现实化的崭新阶段。作品描写的不再是神奇的英雄人物，而是日常生活中的普通人；虽说是普通人，甚至是"身为下贱"的奴婢，却又被写成"心比天高"，寄寓了作者的理想，表现了我们民族英勇不屈的性格。《红楼梦》还吸取了我国诗词、绘画等多方面的艺术经验，对日常生活作了深入的发掘和精心的剪裁，从而赋予典型形象以诗情画意般的美感。作品直接以诗词作为刻画人物性格的重要手段之一，使典型形象在某种意义上成为相当诗化了的人物。如林黛玉那段埋香冢、泣残红的情节和她那以花喻己、以己拟花的《葬花辞》："尔今死去侬收葬，未卜侬身何日丧。侬今葬花人笑痴，他年葬侬知是谁。试看春残花渐落，便是红颜老死时。一朝春尽红颜老，花落人亡两不知。"文字情景交融，使林黛玉的形象被花团锦簇映照得更美好，使林黛玉的命运被落花衬托得更加凄惨，叫人读了为之心驰神往，寄予深切的同情。

（2）在情节结构上，《红楼梦》创造了纷繁多姿而又天然无饰的整体美

在《红楼梦》以前，我国长篇小说的结构受史传文学和说书艺人的影响，基本上采取两种形式。一是

传记体，把一个个人物的传记联合成长篇；二是记事体，把一个个重大的历史事件或故事组合成长篇。这两种结构方式，虽然都具有较为完美的有机性，但毕竟在反映生活的完整性和复杂性方面，显得有所不足，在结构上也难免有拼凑的痕迹。

《红楼梦》把我国传统的传记体和记事体融合为一体。全书以宝黛爱情为主线，以四大家族尤其是贾家的盛衰为副线，旁及其他种种头绪、联络各种大小事件，形成了一个缜密的网状结构，造成了一种多侧面、多层次的立体气象，使之充分地反映出生活的完整性、复杂性及其不可分割的有机性，使包罗万象、无比丰富多彩的生活，在作品中被反映得天然无饰，不见人工斧凿的痕迹。生活在《红楼梦》中的再现好像并没有经过作家刻意的雕琢和精心的修饰，只不过是按照生活原有的样子，任其自然地流于纸上。每一情节的变换，每一章节的衔接，就像流水，只见奔流，而不见缝合之处。我们可以把《三国演义》中的赤壁之战、《水浒传》中的武松打虎、《西游记》中的孙悟空大闹天宫、《儒林外史》中的范进中举等相对独立的情节划分出来，自成一个篇章。而《红楼梦》则是首尾相连、回回贯通，几乎没有什么可以从全书中提取出来而又不损伤周围筋络的章节。在《红楼梦》中，许多故事情节都是作为一个整体的组成部分而互相交错，此起彼伏地并存着。同时，这些情节和人物，又在继续不断地加以扩展、深化和丰富，并向一个总的方向运行，直至形成一部体大思精而又浑然一体的巨著。因此，如果硬要从《红楼梦》中抽去一些情节段落，小说所有的整体美便会遭到破坏。

中国古典小说发展到《红楼梦》，已经完全摆脱了史传体和说书体在长篇小说结构上拼凑的痕迹，也完全克服了中国小说故事题材因袭、雷同的现象。作者已经有了独立地认识、概括和反映复杂生活的能力，已经不是依靠历史资料或民间故事传说，去创造离奇曲折、惊天动地的故事情节，更不是把一些现存的故事编织连贯起来，而是努力去挖掘现实生活中的美，表现完整的社会人生，刻画日常生活中性格复杂的人。因此，在结构上只有《红楼梦》才真正把现实生活的复杂性、完整性和不可分割的联系性充分反映出来了。我们读《红楼梦》，从不感到作家只是把一幅幅片段的画面拿给我们看，他给我们看的乃是一个个富有立体感的、具有不同的角度和棱面的生活整体。对于这个整体，我们可以环绕着它，反复地、细心地观察和思考。在那些千头万绪、错综复杂的生活事件后面，都有它的来龙去脉和连贯的网络，而每一个生活面与另一个生活面之间，又无不呈现着多种多样的联系。

因此，《红楼梦》中的每一个情节，乃至每一个细节，不仅有它独立的意义，而且还有它内在的联系和艺术结构上的作用。如第六十九回，作者写平儿对待尤二姐的极义气，正是写凤姐极不义气；写侍女欺压尤二姐，正是写凤姐欺压尤二姐；写下人感戴尤二姐，正是写下人憎恶凤姐。不直截了当地写凤姐，而是从生活的整体出发，从上下左右来写凤姐，就更加突出了凤姐的阴险、狠毒，同时也反衬了尤二姐的憨厚、善良，尤二姐被凤姐逼得吞金自杀，却依然被凤姐蒙在鼓里，错把凤姐当作好人。

《红楼梦》的这种艺术结构，使全书既丝丝入扣，又摇曳多姿。它得力于作家发掘纷繁复杂的生活中的内在联系，根据生活本身的内在联系来精心布置作品结构的能力。因此，我们只有从作家认识生活的能力和反映生活的艺术技巧这两个方面，才能认识和把握《红楼梦》艺术结构的真谛。

（3）在语言艺术上，《红楼梦》达到了炉火纯青、绝妙醇美的境界

曹雪芹的《红楼梦》在语言艺术上所下的工夫，恰如"甲戌本凡例"中所说："字字看来皆是血，十年辛苦不寻常。"它既不同于《三国演义》语言的半文半白，又有别于《水浒传》、《金瓶梅》中杂有许多粗俗的方言土语，它是从人民口语中来的，又是以北京话为基础经过作者加工、提炼而成的。在我国古典小说中，可以说《红楼梦》的语言艺术最为纯正、完美和出色。其具体特点表现在：传神美、绘画美、情趣美、含蓄美。

传神美。《红楼梦》的语言做到了充分的性格化，能够把每个人物独特的个性、风姿和神采，活脱脱地表现出来。如贾宝玉被贾政打伤之后，袭人和宝钗相继探望宝玉的伤势。作者写道：

袭人咬着牙说道："我的娘！怎么下这般狠

手！你但凡听我一句话，也不得到这步地位。幸而没动筋骨，倘或打出个残疾来，可叫人怎么样吧！"

宝钗见他睁开眼说话，不像先时，心中倒也宽慰了好些，便点头叹道："早听人一句话也不至今日。别说老太太、太太心疼，就是我们看着，心里也疼。"刚说了半句忙又咽住，自悔说的话急了，不觉的就红了脸，低下头来。

这里，袭人和宝钗都同样既责怪宝玉不听话，又对他的被打表示同情。然而袭人表现出来的是对贾政那心毒手狠的惊讶和不满，对宝玉不听话的抱怨和惋惜，对"幸而没动筋骨"的庆幸和慰藉；宝钗则显得"任是无情也动人"。她对封建家长的暴行没有丝毫的不满和愤恨，而把宝玉挨打完全归咎于他的不听话，同时她又情不自禁地表示心疼。她这种心疼，与"老太太、太太心疼"一样，纯属私情。而老太太、太太是宝玉的直系亲属，宝钗和宝玉却没有这种特殊的亲属关系，因此她羞得"不觉的就红了脸"。作者通过两人各自的语言将两人各自的神态乃至内心深处感情激荡的密纹微波，都毫发毕露地表现出来了。

绘画美。绘画是空间艺术，具有高度的造型能力。语言是时间艺术，而《红楼梦》的语言由于吸取了绘画艺术的长处，便在一定程度上突破了时间艺术的限制，给人以浮雕般的空间立体感。例如，凤姐协理宁国府，她要责罚一个因睡迷而迟到的佣人，庚辰本上

是这样写的:

> 凤姐便说道:"明儿他也睡迷了,后儿我也睡迷了,将来都没了人了。本来要饶你,只是我头一次宽了,下次人就难管,不如现开发的好。"登时放下脸来,喝命:"带下去,打二十板子!"一面又掷下宁国府对牌:"出去说与来升,革他一月钱米。"众人听说,又见凤姐眉立,知是恼了,不敢怠慢,拖人出去的拖人,执牌传谕的忙去传谕。那人身不由己,已拖出去挨了二十大板,还要进来叩谢。凤姐道:"明日再有误的打四十,后日的六十,要挨打的只管误。"说着,吩咐:"散了罢。"窗外众人听说,方各自执事去了。

这里作者用"眉立"二字,便把凤姐恼怒的形象浮雕般凸现出来了。她一口气下达的两条处罚的命令:一是"打二十板子",二是"革他一月钱米",两项处罚同时在两个空间执行。这就更加突出了凤姐的威重令行,如凶神恶煞。同样这段语言,在程乙本中将"眉立"改成"动怒",将两条同时执行的处罚措施,改成一先一后,删去了"还要进来叩谢"、"要挨打的只管误",将形象化的空间语言结构,改成平铺直叙的时间语言结构,这就使凤姐泼辣、凶狠、刻毒的形象大为减色了。

情趣美。文章写得要"有些趣味",使人读了能"适趣解闷","省了些寿命筋力"。这是作者在《红楼梦》第一回所明白宣告的。《红楼梦》的语言艺术，也确实具有生动、活泼、健康的情趣美的特色。如有一次贾母生气，凤姐和薛姨妈陪着贾母打牌解闷，凤姐故意输钱给贾母，并且——

> 回头指着贾母素日放钱的一个木箱子笑道："姨妈瞧瞧，那个里头不知玩了我多少了，这一吊钱，玩不了半个时辰，那里头的钱就招手儿叫他了。只管把这一吊也叫进去了，牌也不斗了，老祖宗气也平了，又有正经事差我办去了。"话未说完，引的贾母众人笑个不住。偏有平儿怕钱不够，又送了一吊来。凤姐道："不用放在我跟前，也放在老太太的那一处罢，一齐叫进去倒省事，不用作两次，叫箱子里头的钱费事。"贾母笑的手里的牌撒了一桌子，推着鸳鸯，叫："快撕他的嘴。"

凤姐巧嘴利舌，把贾母箱子里的钱拟人化，来恭维贾母的神通广大，使贾母顿时变气为乐，高兴得手舞足蹈。这段文字把贾母那贪得无厌、喜人恭维和凤姐那乖滑伶俐、巧于应酬的性格，皆刻画得活灵活现，令人忍俊不禁。

含蓄美。"念在嘴里倒像有几千重的一个橄榄"，这里作者写香菱读了王维诗后的赞语，实际上也反映了作者对《红楼梦》的语言艺术要有含蓄美的追求。如写一次宝玉在薛姨妈处喝酒，听了宝钗的劝告不喝冷酒，作者不直截了当地写黛玉在旁如何忌妒，而是写：

> 可巧黛玉的小丫环雪雁来与黛玉送小手炉，黛玉因含笑问他："谁叫你来的？难为他费心，那里就冷死了我！"雪雁道："紫鹃姐姐怕姑娘冷，使我送来的。"黛玉一面接了，抱在怀中，笑道："也亏你倒听他的话。我平日和你说的，全当耳边风；怎么他说了你就依，比圣旨还要快些！"

这里表面上黛玉的话是对雪雁说的，而实际上却全是说给宝玉、宝钗听的。它不但把黛玉那妒忌的心理和说话比刀子还尖刻的性格，刻画得如跃眼前，而且由此还引出了宝玉、宝钗和薛姨妈等一系列人物的不同性格表现。

《红楼梦》后四十回的思想和艺术成就皆远逊于前八十回。《红楼梦》的续书很多，有《后红楼梦》、《红楼补》、《红楼后梦》、《续红楼梦》、《红楼复梦》、《红楼补梦》、《红楼重梦》、《红楼圆梦》、《红楼幻梦》、《增补红楼》、《鬼红楼》、《红楼梦影》等。大多承高鹗续书而更补其缺陷，结以"团圆"，甚或谓作者本以为书中无一好人，因而吹毛求疵，大加挞伐。恰如鲁迅所指出的，"我们将《红楼梦》的续作者和原作者一比较，就会发现两者之差，有时比类人猿和猿人之差还远。"[①]

---

① 鲁迅《坟·论睁了眼睛看》。

曹雪芹在继承我国文学优美的民族传统的同时，以自己非凡的见识、天才的创造、艺术的匠心，极大地丰富和发展了我国古代小说的思想和艺术成就，使《红楼梦》成为中华民族骄傲和珍惜的文化瑰宝。

《中国史话》总目录

系列名	序号	书名	作者
物质文明系列（10种）	1	农业科技史话	李根蟠
	2	水利史话	郭松义
	3	蚕桑丝绸史话	刘克祥
	4	棉麻纺织史话	刘克祥
	5	火器史话	王育成
	6	造纸史话	张大伟　曹江红
	7	印刷史话	罗仲辉
	8	矿冶史话	唐际根
	9	医学史话	朱建平　黄　健
	10	计量史话	关增建
物化历史系列（28种）	11	长江史话	卫家雄　华林甫
	12	黄河史话	辛德勇
	13	运河史话	付崇兰
	14	长城史话	叶小燕
	15	城市史话	付崇兰
	16	七大古都史话	李遇春　陈良伟
	17	民居建筑史话	白云翔
	18	宫殿建筑史话	杨鸿勋
	19	故宫史话	姜舜源
	20	园林史话	杨鸿勋
	21	圆明园史话	吴伯娅
	22	石窟寺史话	常　青
	23	古塔史话	刘祚臣
	24	寺观史话	陈可畏

系列名	序号	书名	作者
物化历史系列（28种）	25	陵寝史话	刘庆柱　李毓芳
	26	敦煌史话	杨宝玉
	27	孔庙史话	曲英杰
	28	甲骨文史话	张利军
	29	金文史话	杜　勇　周宝宏
	30	石器史话	李宗山
	31	石刻史话	赵　超
	32	古玉史话	卢兆荫
	33	青铜器史话	曹淑芹　殷玮璋
	34	简牍史话	王子今　赵宠亮
	35	陶瓷史话	谢端琚　马文宽
	36	玻璃器史话	安家瑶
	37	家具史话	李宗山
	38	文房四宝史话	李雪梅　安久亮
制度、名物与史事沿革系列（20种）	39	中国早期国家史话	王　和
	40	中华民族史话	陈琳国　陈　群
	41	官制史话	谢保成
	42	宰相史话	刘晖春
	43	监察史话	王　正
	44	科举史话	李尚英
	45	状元史话	宋元强
	46	学校史话	樊克政
	47	书院史话	樊克政
	48	赋役制度史话	徐东升

系列名	序号	书名	作者
制度、名物与史事沿革系列（20种）	49	军制史话	刘昭祥　王晓卫
	50	兵器史话	杨　毅　杨　泓
	51	名战史话	黄朴民
	52	屯田史话	张印栋
	53	商业史话	吴　慧
	54	货币史话	刘精诚　李祖德
	55	宫廷政治史话	任士英
	56	变法史话	王子今
	57	和亲史话	宋　超
	58	海疆开发史话	安　京
交通与交流系列（13种）	59	丝绸之路史话	孟凡人
	60	海上丝路史话	杜　瑜
	61	漕运史话	江太新　苏金玉
	62	驿道史话	王子今
	63	旅行史话	黄石林
	64	航海史话	王　杰　李宝民　王　莉
	65	交通工具史话	郑若葵
	66	中西交流史话	张国刚
	67	满汉文化交流史话	定宜庄
	68	汉藏文化交流史话	刘　忠
	69	蒙藏文化交流史话	丁守璞　杨恩洪
	70	中日文化交流史话	冯佐哲
	71	中国阿拉伯文化交流史话	宋　岘

系列名	序号	书名	作者
思想学术系列（21种）	72	文明起源史话	杜金鹏 焦天龙
	73	汉字史话	郭小武
	74	天文学史话	冯 时
	75	地理学史话	杜 瑜
	76	儒家史话	孙开泰
	77	法家史话	孙开泰
	78	兵家史话	王晓卫
	79	玄学史话	张齐明
	80	道教史话	王 卡
	81	佛教史话	魏道儒
	82	中国基督教史话	王美秀
	83	民间信仰史话	侯 杰
	84	训诂学史话	周信炎
	85	帛书史话	陈松长
	86	四书五经史话	黄鸿春
	87	史学史话	谢保成
	88	哲学史话	谷 方
	89	方志史话	卫家雄
	90	考古学史话	朱乃诚
	91	物理学史话	王 冰
	92	地图史话	朱玲玲

系列名	序号	书名	作者
文学艺术系列（8种）	93	书法史话	朱守道
	94	绘画史话	李福顺
	95	诗歌史话	陶文鹏
	96	散文史话	郑永晓
	97	音韵史话	张惠英
	98	戏曲史话	王卫民
	99	小说史话	周中明　吴家荣
	100	杂技史话	崔乐泉
社会风俗系列（13种）	101	宗族史话	冯尔康　阎爱民
	102	家庭史话	张国刚
	103	婚姻史话	张　涛　项永琴
	104	礼俗史话	王贵民
	105	节俗史话	韩养民　郭兴文
	106	饮食史话	王仁湘
	107	饮茶史话	王仁湘　杨焕新
	108	饮酒史话	袁立泽
	109	服饰史话	赵连赏
	110	体育史话	崔乐泉
	111	养生史话	罗时铭
	112	收藏史话	李雪梅
	113	丧葬史话	张捷夫

系列名	序号	书名	作者	
	114	鸦片战争史话	朱谐汉	
	115	太平天国史话	张远鹏	
	116	洋务运动史话	丁贤俊	
	117	甲午战争史话	寇 伟	
	118	戊戌维新运动史话	刘悦斌	
	119	义和团史话	卞修跃	
	120	辛亥革命史话	张海鹏	邓红洲
	121	五四运动史话	常丕军	
	122	北洋政府史话	潘 荣	魏又行
	123	国民政府史话	郑则民	
	124	十年内战史话	贾 维	
近代政治史系列（28种）	125	中华苏维埃史话	杨丽琼	刘 强
	126	西安事变史话	李义彬	
	127	抗日战争史话	荣维木	
	128	陕甘宁边区政府史话	刘东社	刘全娥
	129	解放战争史话	朱宗震	汪朝光
	130	革命根据地史话	马洪武	王明生
	131	中国人民解放军史话	荣维木	
	132	宪政史话	徐辉琪	付建成
	133	工人运动史话	唐玉良	高爱娣
	134	农民运动史话	方之光	龚 云
	135	青年运动史话	郭贵儒	
	136	妇女运动史话	刘 红	刘光永
	137	土地改革史话	董志凯	陈廷煊
	138	买办史话	潘君祥	顾柏荣
	139	四大家族史话	江绍贞	
	140	汪伪政权史话	闻少华	
	141	伪满洲国史话	齐福霖	

系列名	序号	书　名	作　者
近代经济生活系列（17种）	142	人口史话	姜　涛
	143	禁烟史话	王宏斌
	144	海关史话	陈霞飞　蔡渭洲
	145	铁路史话	龚　云
	146	矿业史话	纪　辛
	147	航运史话	张后铨
	148	邮政史话	修晓波
	149	金融史话	陈争平
	150	通货膨胀史话	郑起东
	151	外债史话	陈争平
	152	商会史话	虞和平
	153	农业改进史话	章　楷
	154	民族工业发展史话	徐建生
	155	灾荒史话	刘仰东　夏明方
	156	流民史话	池子华
	157	秘密社会史话	刘才赋
	158	旗人史话	刘小萌
近代中外关系系列（13种）	159	西洋器物传入中国史话	隋元芬
	160	中外不平等条约史话	李育民
	161	开埠史话	杜　语
	162	教案史话	夏春涛
	163	中英关系史话	孙　庆

系列名	序 号	书 名	作 者
近代中外关系系列（13种）	164	中法关系史话	葛夫平
	165	中德关系史话	杜继东
	166	中日关系史话	王建朗
	167	中美关系史话	陶文钊
	168	中俄关系史话	薛衔天
	169	中苏关系史话	黄纪莲
	170	华侨史话	陈 民　任贵祥
	171	华工史话	董丛林
近代精神文化系列（18种）	172	政治思想史话	朱志敏
	173	伦理道德史话	马 勇
	174	启蒙思潮史话	彭平一
	175	三民主义史话	贺 渊
	176	社会主义思潮史话	张 武　张艳国　喻承久
	177	无政府主义思潮史话	汤庭芬
	178	教育史话	朱从兵
	179	大学史话	金以林
	180	留学史话	刘志强　张学继
	181	法制史话	李 力
	182	报刊史话	李仲明
	183	出版史话	刘俐娜
	184	科学技术史话	姜 超

系列名	序号	书名	作者
近代精神文化系列（18种）	185	翻译史话	王晓丹
	186	美术史话	龚产兴
	187	音乐史话	梁茂春
	188	电影史话	孙立峰
	189	话剧史话	梁淑安
近代区域文化系列（11种）	190	北京史话	果鸿孝
	191	上海史话	马学强　宋钻友
	192	天津史话	罗澍伟
	193	广州史话	张　苹　张　磊
	194	武汉史话	皮明庥　郑自来
	195	重庆史话	隗瀛涛　沈松平
	196	新疆史话	王建民
	197	西藏史话	徐志民
	198	香港史话	刘蜀永
	199	澳门史话	邓开颂　陆晓敏　杨仁飞
	200	台湾史话	程朝云

《中国史话》主要编辑
出版发行人

总 策 划	谢寿光	王 正	
执行策划	杨 群	徐思彦	宋月华
	梁艳玲	刘晖春	张国春
统 筹	黄 丹	宋淑洁	
设计总监	孙元明		
市场推广	蔡继辉	刘德顺	李丽丽
责任印制	岳 阳		